金翅大鵬
龍王 IV
Garuda
尹晨伊 著
綠川明

自序

尹晨伊

聽說我把阿修羅茉阿公主寫成小色女……

非也非也，她只是在春心萌發時很坦誠地表達，阿修羅愛俊男美女，這是他們的天性，我只是忠實表達。

上次阿修羅公主順利回絕與羅睺王的親事，又引發阿修羅與天庭數起衝突，之後大阿修羅王一怒之下，替她尋得名師鳳裡犧，離開了阿修羅王城。

擁有最強福報的茉阿因為修為淺薄，一直認為自己沒有天福，但其實阿修羅是沒有天權，她福氣可是無人能敵，一出門就碰上了龍族的英俊太子龍敖。有人一路護送去拜師，而稟性良善的龍敖卻一直不知道，他護送的這個小子就是害他領軍出戰，錯過議親佳期的始作俑者。

這次工作完畢，編輯毛毛要慶祝今年不會再受到我的折磨，去高唱數曲解壓。

眼看著今年即將到尾聲，我的房子從年初修到年尾，時間久得感覺都可以重新蓋一間，本著明天一定會更好的想法，我期待著新年到來，一掃今年怨氣。

但在新年到來之前，下一波的工作會在這一波結束之後到來，所以還是會很快跟大家相見。

但毛毛暫時可以解脫了就是。

第一章

她的記性好，有了什麼大大小小的事都忘不掉。

「記性好，就是個大大的優點，實實在在的好處。」

「那是好記恨吧？」易天曾經說了實話。

這句話讓茉阿確實記了好一陣子，也讓共命鳥易天知道什麼才是真的「記恨」，從那次開始，只要易天出現，她就沒什麼好臉色給他，冷冷地連話也不說，說得更切實一點，就是……

直接忽略他，無視他的存在，就當作「沒看到」。

那段時間，茉阿眼底就只看見「易地」一人，她也只在易地出現時才會說話，與易天冷戰。

但記性好總括是一個優點，這段時間易地總是很高興地對她這麼說。

「茉阿，妳的記性真是好極了，真是一個大大的優點。」

茉阿聽見這個就高興得很，自動忽視掉易地臉上幸災樂禍的表情。

龍王IV

易天就這麼賠笑臉賠了大半年，茉阿的態度才開始有了軟化的跡象，易天不但沒有怨言，還認為是天大的恩惠，悲哀得有點沾沾自喜，覺得若他不是共命鳥易天，也許惹怒了茉阿，那就是永世不必再見。

但平常的茉阿是不刻意去記什麼事的，回憶什麼時候刻在腦海裡，就連她也說不清，常常在最奇妙的時候憶起，這也是後來她雖然不能時時見到龍敖，卻又能不時回味他的種種好處，越來越不能割捨，因而越陷越深的原因。

這是她第一次出遠門，深入敵營入了西荒大澤，又幸得龍宮太子領路，茉阿一路順風地到達西荒。

這西荒是天宮的重地，身為天神對頭的阿修羅一族是不會隨便踏入這裡，只是茉阿一路強運，她一直自認沒有事能打倒她的強運，果然沒有辜負了她的自信。

除了甫出門就遇險，差點被人笑掉大牙在家門口溺了一回水，和到了西荒遇見不識相的陸吾神之外，幾乎沒有陷入任何困境。

但這個陸吾神鳴雷卻跟龍敖一樣，被她深深地記在腦中了，陸吾神可能沒預料到，待她學成之後會日日前來叫陣，令鳴雷將軍對阿修羅好記恨有了深刻的體悟。

「茉阿兄弟，你知道鳳裡犧尊上是什麼樣的人物嗎？」

龍敖知道茉阿找鳳裡犧尊上拜師之後，心裡就帶著疑問，這茉阿的心思單純，他也就毫無隱藏地問出自己的疑問。

這段日子，龍敖日夜與茉阿相處，雖不致於懷疑她是藉拜師來西荒尋仇的大魔頭，況且尊上的地位崇高，早不涉世，更不會有什麼仇家。

也就是因為這樣，一個像茉阿這樣的小毛頭可以拜鳳裡犧為師，確實是令他好奇，也讓平日以穩重著稱的龍敖忍不住問上一問。

茉阿不但沒搖頭，還這麼回，「大哥要是知道我師父是什麼人，不如先跟我

龍王IV

說說，讓我心裡有個底，再看看要怎麼應付。」

「你這小子想要應付師父？」

師門大如天，茉阿這個說法，是很離經叛道的。

「嘿嘿……」

「以你小子的道行，想要應付尊上，再等個千萬年看看有沒有機會吧。」

「哼哼。」

要是別人說這樣的話，茉阿就生氣了，但是龍敖……

她可以忍他一忍。

想到他為了自己捨身面對陸吾神一擊，時不時還覺得心裡砰砰地跳，感動了好一陣。

現在茉阿也不覺得他長得那麼娘娘腔了，覺得瑕不掩瑜，只是有一點小缺點，她可以不計較。

「龍敖大哥，你的頭髮……最近怎麼越來越淡了？」

「是嗎？」

「是啊，原本顏色還深著，現在越來越淺了。」

他執起耳畔一綹髮絲看著，像是連他也不敢置信，臉上表情越來越震驚。

茉阿剛遇見他時，他的頭髮是有點赤褐色的，風和日麗的時候，金燦的陽光照著他，那髮色耀顯出紅彤彤的色彩，微風拂過其間時又閃著金光，那漂亮的顏色就連平常對自己外貌一向自豪的茉阿都覺得羨慕，認為那髮色既燦爛又鮮豔，令人驚豔。

「真的變淡了。」

龍敖見了自己的髮色，全身一震。

髮色變淡了，茉阿也不是覺得不好看，就是……

不尋常。

龍王IV

茉阿心想，這龍族太子既然可以化成人身，想必變個髮色對龍敖也不困難，但通常原身是什麼樣子就什麼髮色，龍敖應該也不至於那麼無聊，還換髮型和顏色。

「龍敖大哥，你是赤龍吧？」

既然原先是紅髮，她判斷他的原身有可能是赤龍。

「現在是。」

「現在是？」茉阿嗤之以鼻，「難不成還會變啊？」

龍敖苦笑，「不是全部都會變，但有些……就是會變。」

他就是其中之一。

天龍一族的化現不是他自己能夠決定的，據說他出生時是一條青龍，沒多久就變成金龍，近萬年來，他的髮色漸漸轉紅，又轉變成赤龍。

在龍族，原身能夠變化的幾乎可以數得出來，這也是龍敖較其他兄弟高上數等的證據，每轉一個色系就代表著一個現象，也是龍族之主修為的變化。

青色代表他事事如意，金色代表他的權勢和財力，而赤色……

赤色象徵著懷愛敬愛，自從髮色漸漸變得有些赤褐色，他便得到族人愛戴，後來成為龍宮太子也是眾望所歸，但目前……髮色又淡了，究竟是為了什麼？

莫非他將轉成白龍？

想到這裡，龍敖大驚。

雖說可以化現成白龍，但這麼多年，白龍都只是一個傳說，因為白色代表救度萬物，身為龍族之主，他的修為從來不是以息災和奉獻為出發點，也沒有度人救世的大願，而白色正代表著息災和救世，有種無我和無私的意味。

龍敖執起自己漸漸泛銀光的頭髮，心知自己必定是做了什麼大事以致於有此轉變。

他沿途到西荒與茉阿一路玩樂，除了到鷹族與殷宇一敘之外，什麼事也沒有做啊！

他想來想去都想不出個所以然來，著實令他苦惱。

「瞧，你的頭髮又變淡了。」茉阿指著龍敖驚叫。

龍敖震驚地看著自己的髮色漸漸轉成銀色。

自他有了認知，這髮色迅速轉成閃亮的銀色，美麗得令人目眩神迷，他英俊的面容被髮色烘托得更為晶瑩。

唉呀，好不容易才覺得比較不娘娘腔了說。茉阿不由得心中扼腕，覺得可惜。

他實在想不出來為什麼會變化？「沒想到……居然是真的。」

他已不再是赤龍了。

雖然銀色也沒什麼不好，但是……茉阿還是喜歡那像火一樣的顏色。

身為大阿修羅王之女，她雖然不能像父王能口中出火，但御火還是在行的，見到火紅的色彩一直都有親切感。

現在變成了銀色，美則美矣，但茉阿還是覺得紅色是首選。

「龍敖大哥，能變回來嗎？」

能夠掌握到以前沒有的變化，自然是個造化，表示他的修為更上一層，但能將這青紅金赤白黑六種變化全都掌握的，是前所未有。

而龍敖能掌握住青紅金赤，現在又化現成白龍，就已經是絕無僅有，是龍族的第一人，打個比方來說，幾乎等於是地仙飛升，晉升為上神的境界。

「你不喜歡我這個樣子？」

「大哥這樣太耀眼，比小姑娘還美，我怕我一不小心起了色心，嘿嘿嘿，半夜變成狼……嗚啊～～～咦，大哥你這麼快就變回來了？變得真快。」

「上路吧！」

龍敖召來一朵祥雲，站上去。

茉阿只好跟著，心裡還有些遺憾。

若是轉成白龍，之後還能再有所轉化嗎？

他忖度著，想起那個傳說。

現在還不合適，沒人知道他變成白龍會比較好，所以剛才龍敖才手掐法訣，把自己變回原先的樣子，但這紅色卻較原先為淡，也更鮮豔了一點，介於金與紅之間，色彩更為瑰麗。

「我還說沒人會那麼無聊，沒想到還真有。」茉阿喃喃地說。

「你說什麼？」

「沒有沒有……你看，那邊有一個池子。」

茉阿又發現一個蓮池，下來吃了點蓮實。

她剝開了蓮蓬，細細地把蓮子抓出來，丟進嘴裡咔嗤咔嗤地咬著。

龍敖瞥了一眼，「不苦嗎？」

「你怕苦？」

她手巧地將蓮子掐成半，用指尖挑出蓮心，「張嘴。」再輕輕一彈，將去掉苦心的蓮子彈進他嘴邊。

他正想答話，一張嘴，那蓮子就落入他口中。

龍敖苦笑，嚼了嚼，果然有種清香爽脆的口感。

「蓮心雖苦，但在香甜的蓮子之中，也是很有味的，大哥下次也可以試試看。」

這話雖然簡單，但細細品來卻別有一番意境，龍敖不由得對她另眼相看，覺得這孩子並不是初時看到那麼地淺薄。

而後兩人坐在池畔吹著風，休息一會兒，茉阿一邊欣賞著龍敖現在的樣子，對新的金赤髮也很嚮往。

又金又紅，不知道金翅鳥的翅膀是不是也是這麼美。

龍王IV

「你怎麼了？肚子痛。」

龍敖見她拱著身子，像是抱著肚子，臉上有著隱忍的表情，關心地問。

「不是。」她敞開衣袍，「瞧。」

茉阿肚子鼓起一塊。

「看清楚，絕對不是長瘤了。」

龍敖仔細看，那鼓起的地方像是被布包著。

「你在做什麼？」

「孵蛋。」

「……」

她撿了這顆金翅鳥蛋，每天盼著他早日出來見娘。

「什麼時候他才會出來見娘呢？」

「茉阿，金翅鳥的蛋不用孵。」

「不用孵就可以生出來？果真是厲害啊！不行，要是沒人孵他，那他怎麼會感受到母愛呢？」

「應該是父愛吧？」

對喔，自己現在是公的。

「要是沒感受到愛，將來他心裡有缺陷，萬一來對付我這個做父親的，那豈不是很慘。」這回她更正了。

「金翅鳥會不會認你當父親還是一個謎。」

「龍敖大哥，我看這蛋要兩個人孵。」

「……」

「兩個人孵，可能會快點。」

「我不會碰金翅鳥蛋的。」

「你不會怕養個金翅鳥兒子吧？」

這句話龍敖自動無視，當沒聽見。

「不如我孵白天，你孵晚上。你說……我們的兒子應該取什麼名字才好呢？」

他轉身，「上路了。」

「喂，你等等我……」

第二章

茉阿總覺得再華貴美麗的地方也比不上阿修羅的皇城。

這當然不是沒有道理的，既然阿修羅一族可以與天神相抗衡，不論在戰力、神通都與天神們不相上下，當然他們的園林華美也可比天庭。

身為阿修羅公主，茉阿若是有心想講究，那規矩也不會比別人少，但出門在外，一路從簡，跟著龍敖餐風露宿也是挺新鮮的經驗。

但她再怎麼天真，也沒有傻到覺得這幾天還到不了。

可一連過了幾天，還是沒見到半個人影，茉阿也知道她師父所居崑崙山早就到了，不然也不會見到陸吾神。

這天宮不也在這兒嗎？

就不知何時龍敖才要帶她去見。

想他們從鷹宮那兒告別之後，沒幾天就見到那守著天門的陸吾神了。

陸吾神所在就是天帝的帝都，茉阿不知道天宮之所在，不過鳳裡犧的修真之

龍王IV

所必在帝都之中，這她倒是心裡有數。

在進天門之前，龍敖還親手指著她看，不遠的飛瀑之後就是鳳裡犧的洞府，但走了許久，方向也沒錯，可就是走不到，別說是瀑布了，連個小溪都沒有，令人狐疑。

龍敖也不說，就沿路帶著她走，她雖然不知道龍敖的用意，但也順路遊山玩水。

心想，等她當了人家徒弟，進師門之後可就沒有那麼多好吃好玩的了，萬一又被煉了個幾千年，說不定被煉去半條命，想玩也玩不動了。

既然不急著去，當然也沒有什麼心思放在趕路上。

與陸吾神發生衝突再上路之後，這四周不時出現七寶奇樹，五彩雀鳥齊飛，奇景茉阿雖然見多了，大阿修羅王的皇城裡也多得是，但一路行來，金色園林和奇珍異寶也未免出現得太頻繁，讓她不得不注意到。

天界的鳥雀和奇樹也不可小看，多數有靈，也是小仙，有那麼多神仙會聚在附近，與此處親近，想必住了一個大人物。

茉阿知道，這鳳裡犧上神就是不折不扣的大人物，心裡有點底了。

「我們到了？」她探頭探腦，但手裡總緊緊地抱著肚子。

龍敖看茉阿在探頭探腦時還緊緊抱著那顆金翅鳥蛋的樣子，就覺得很無奈。

自己是中了什麼邪，居然會陪她去撿來這東西，讓別人知道不就以為他瘋了？

「差不多了。」

他一直就在等著她問。

「在哪兒？」

她極目四顧，望過去除了鳥語花香，以及七寶樹上掛的寶鈴被風吹動的聲音，她什麼都沒見到。

她終於瞭解羅睺兄長為何會變出巨身直達天庭了，至少居高臨下比較容易找東西，而且速度也快得多。

修羅王就是修羅王，知道一長大就看得清，當然重點也比較容易顧到，尤其是美女的每一部分都可以看得到。

羅睺大王的重點一向是在天宮的美女身上，茉阿考慮下回見到羅睺兄長時，也問問他變巨身該怎麼練，讓他傳授她一二才是。

「再等等。」

等什麼？「你不是說有飛瀑嗎？完全看不見啊……」

「尊上的洞府大門不是任何時間都開啟的。」

哇哩咧……「那萬一錯過了時間？」

「就要再等一年。」

「呃……」她明白了。

「來得早不如來得巧，你這時候來算是來得巧，等吧。」

「等是等……」她用眼角餘光瞄過不遠處一直晃動的影子，「可以跟我說說那個是什麼東西嗎？」

龍敖瞥了一眼，「那是欽原，一種神鳥，是鳴雷派來監視你的。」

欽原長得像飛蟲，不同於鳥的羽翼，還有長長的嘴，身形比雉大，比雀小，同樣是色彩斑斕，十分美麗。

「鳥？牠也是鳥？長得有夠奇怪。」

茉阿緩緩地接近牠，知道茉阿發現牠，欽原也不躲避，茉阿慢慢地把手接近，想要抓牠一把……

「小心！」

說時遲那時快，欽原突然變得猙獰，轉頭就往茉阿手上螫去，眼看著就要螫到，龍敖掃過一陣風，將欽原拂到一旁，欽原長長的鳥喙就這麼螫到一旁的樹

龍王IV

上。

「碰一下而已，這麼兇……」茉阿喃喃抱怨。

「不可以碰牠。」

「為什麼？」

「你看那樹。」

茉阿抬眼往樹看去，這欽原鳥也真是的，鳥不都啄人嗎？怎麼會用螫的呢？像毒蟲一樣。

才這麼想著，那欽原鳥就氣沖沖地將鳥喙從樹上抽出，令人震驚地，自牠抽出鳥喙，那樹竟然在瞬間起了變化……

「這……」

樹葉先是垂下，之後急遽的變黃、變枯，凋零、飄落，而且樹枝枯捲，茉阿伸出指頭輕輕碰了碰那枝頭，啪地一聲……

斷了。

「死了？」

「是。」

「就這一點時間？」

「所以叫你別碰牠，欽原長得像蜂，螫獸獸死，螫木木枯。」

「這麼可怕的東西跟著我們做什麼？」

「剛不是跟你說過了嗎？是鳴雷派來監視你的。」

「鳴雷叫牠監視我，又不是叫牠殺我。」

「鳴雷是沒讓牠殺你，但你自己去惹牠，那就沒法子了。」

「我哪有惹牠？」茉阿不高興地嘟囔著。

哼，她是有肚量，但這帳一定也要算在鳴雷頭上，這個鳴雷不要哪天犯在她的手上，她絕對不會輕易地放過他。

龍王IV

不，就算沒有犯到她手上，她也是要去找他的麻煩。

她抬眼望去看那欽原鳥。

那還算是「鳥」嗎？簡直就是一隻巨蜂，而且是隻可以致人於死地的毒蜂。

龍敖將茉阿帶到一邊，並將她的身子轉成背對著欽原，怕她再惹出什麼麻煩。

「你好歹也是一個龍宮太子，怎麼就怕了這小小毒蜂？」

她說得理直氣壯，但龍敖的表情儘是不解，「既然牠是小小毒蜂，那我又何必跟牠計較？」

茉阿聽了他此番說詞，倒是頓了一頓。

阿修羅一向快意恩仇，氣不過就打，就算打不過還是要拚命，龍敖的說法倒是很新鮮，要茉阿不跟人計較，實在是不太容易。

「萬一你被牠叮了呢？」

「我沒有被牠叮，不是嗎？」

茉阿正待要應，龍敖卻突然舉起手來阻擋，「等等。」

傳來一陣巨響，似水聲，但其中又有轟隆轟隆的響聲。

茉阿揉揉眼睛，先是面前一片水霧迎面而來，她又揉了揉眼，不敢相信自己面前看到的景象。

剛才仍是青鬱的樹林，在轉瞬之間變得天青水藍，澗水出現在面前，湍急的流水順流下山崖急轉而下……

那就是之前她所見的瀑布，即便她見過許多美景，但如同這樣氣勢磅礴，卻從沒有過。

「這就是……」

她張口卻聽不見自己的聲音，水聲震耳欲聾。

龍敖抱拳上前一句，「龍敖參見尊上。」

龍王IV

龍敖參見尊上～～～

四周傳來龍敖發話清楚的回音，茉阿怔怔地看著他，能清楚地在這裡發出聲音，他的修為實在驚人。

茉阿第一次覺得羞慚。

龍敖是龍宮太子，但茉阿也不覺得自己低人一等，她畢竟也是大阿修羅王的公主，既然身分平等，為何她會荒廢自己的修煉？

回音仍然在周遭迴旋著。

龍敖參見尊上～～～

龍敖激起茉阿身為阿修羅的爭勝心，另一方面，以他的修為卻能真心誠意地候著鳳裡犠尊上，也讓原先對於拜師不以為然的茉阿公主對新師尊心悅誠服。

她靜下心，搜尋那深埋在記憶裡幾乎要忘在心底的法訣，向著巨瀑跪下。

「茉阿拜見師尊。」

奇的是，當她話一落下，那水幕竟從中分開……

眼前出現一個金碧輝煌的洞府，有兩個飾著纓絡七寶的宮裝美貌仙子在門外恭候著，不發一語。

「進去吧。」

茉阿跟在龍敖身後當然不是因為她願意屈居人後，而是因為他走得比她快。

「請兩位姑姑帶路。」

天女的長相看不出年紀，但龍敖會尊稱這兩個仙子姑姑，想必她們地位也不容小覷。

茉阿左望右望，先是讚歎這華貴的洞府入口，四周雖然也帶著金色，但質地卻似金非金，似玉非玉，又帶著晶瑩的透亮感，比羅睺王的宮殿質感不知道好了多少倍。

她走進洞府之中，正待要好好研究這材質，回去也好跟喜歡金色的羅睺兄長

龍王Ⅳ

獻個寶，不料……

經過一個迴廊，立即就變了個樣，四周只剩下古樸的石塊，簡陋的石桌，偶有一些明珠鑲在牆上，但也只是為了照明罷了。

「這完全就是詐騙嘛！」

龍敖目不斜視，像是沒聽見她說的話。

茉阿抬眼看了這兩個帶路的「仙姑」，她們的嘴角略現笑意，但也看不出太大的喜怒表情。

「妳為什麼覺得這是詐騙？」

只聞其聲，不見其人。

這突如其來的聲音，清冽如最乾淨的澗水，像是冬天初融的山泉，茉阿四處地繞卻看不到半個人影，她倒回去剛才那個迴廊，又是一陣轟隆隆巨響，這次她有了經驗，沒有像之前被嚇住了。

眼前的水幕又闔上，她身邊還是沒有其他的人。

她仰起頭硬著脖子對空大喊，「瞧，這不是關上了嗎？要是有人看了之後誤走進來，又被關上，那不是受騙了嗎？」

「能進即是有緣。」

「財迷心竅也算？」

「財迷也算。」

「萬一後悔了想出去，怎麼辦？」

「妳後悔想出去了嗎？」對方沒有正面回答茉阿的話。

茉阿當然沒有笨到猜不出目前與她對話的人是誰。

不過鳳裡犠尊上既然身為天神，她還會想收阿修羅公主為徒，現在她就算願意收個財迷也不是什麼奇怪的事。

這是個女聲，她原本以為鳳裡犠尊上是男神的，沒想到居然是個女神……

龍王IV

這她就不懂了，明明鳳裡犧是女神，他們還把她變成男身是為什麼？

「清荷，帶她去休息。」

叫清荷的宮裝仙子上前，「請跟我來。」

茉阿被人一把箝住，心裡有些不痛快。

「放開我，我還沒見到師尊呢！」茉阿掙扎著。

「尊上就在妳的面前，妳看不到，那又奈何呢？」

「在我面前？」茉阿睜大眼睛，「在哪兒？我怎麼不知道？」

她只覺得被清荷輕輕一抓，不止被碰到的地方痠軟無力，連身體都不由自主地隨著她轉。

「我不要……我要見師尊……我不要進去……」她還沒拜師呢！

待聲音越來越小，龍敖才斂起唇邊笑意，朝著領路的仙娥輕聲細語，「姑姑，麻煩妳帶路。」

再穿過一個長長的迴廊，這裡頭有數個甬道，就像是迷宮一般，龍敖不敢輕心，只是默默地跟在仙娥之後，到了長廊末端，眼前豁然開朗，這就是鳳裡犧尊上修真的主殿，莊嚴肅穆，不似初進的華美，也不若之後的簡陋質樸，而是有種超凡脫俗，令人心神俱淨的神祕感。

殿內上座站著一位女子，雖然荊釵布裙，但那眉眼秀麗，氣度高華，臉上浩然的正氣卻是令人不敢逼視，這就是遠古天神鳳裡犧。

此時，鳳裡犧正帶著淺淺的笑容注視著龍敖。

他沒有再上前，只是長長一揖，「龍敖拜見尊上。」

「許久沒有見到你了，你上前來。」那聲音仍然冷冽如雪，但平淡之中，還是聽得出她心情愉悅。

「是。」

龍敖應了一聲，之後即往前。

龍王IV

鳳裡犧上神的真身有一半是赤龍，因此與龍族親近也是自然，更何況龍敖也是赤龍……

「你……轉化了？」

「稟尊上，是的。」

龍敖沒有多問她是怎麼看出來的，以鳳裡犧尊上的能力，想要看穿他的偽裝是輕而易舉。

「轉化成什麼顏色？」

「白色。」對於轉化的原因不能理解，龍敖是有些羞赧的。

鳳裡犧嘴角上揚。

「尊上為何面露喜色？」

「不值得恭喜嗎？你應該是族內化現成白龍的第一人，能由赤龍化現成白龍就代表你有上天宮一爭的實力，不該再妄自菲薄侷限在龍宮之中。龍敖，你想成為天帝嗎？」

「弟子不敢妄想。」

「這也不是任誰想想就可以達到的，你也不必自謙。」

「龍敖愚昧，不知為何會化現成白龍，正在苦惱之中。」

「為何要自尋煩惱，你救了茉阿時有多想嗎？」

「當然沒有，救他是舉手之勞……」他警醒，「尊上的意思是因為救了茉阿？不可能啊，他只是……」

「我沒這麼說。」

他還是想不通，「茉阿只是個初出茅廬的小伙子，莫非他將來有些什麼成就？請尊上替弟子解惑。」

「你不必迷惑，這天地混沌，豈止是你，就連我也看不清，只要順勢而為，別逆天行事就是。」

「謹遵尊上教誨。」

「你不是來送帖的嗎？」她難得輕鬆，伸出手來，「拿來。」

龍敖恭謹地將請柬送上。

鳳裡犧展開一看，臉上露出疑惑表情，「你不是大婚和登基一起辦嗎？」

「尊上清修不知，因羅睺王領軍大鬧天宮，龍敖率軍迎戰，因此錯過議定的佳期提親，所以……就決定將親事暫延。」

鳳裡犧點頭，但沒有問起勝負，她清修已久，也不關心勝負。

「我雖不能去，還是要備上一份大禮祝賀。」

「謝尊上。」

第三章

清荷帶著茉阿到她的居室。

茉阿雖然不重視享受，這石桌石椅的古樸也不是不懂得欣賞，但也許錦衣華服的舒適日子過慣了，總覺得有些委屈了。

龍敖和茉阿都算是真正的貴胄，但茉阿從小被嬌慣著，在平日的習性上又有些不同。

她在房裡走了走，這房子小，沒幾步就走完了，連繞個一圈都不用，極目望去可以看遍一切。

「有什麼不滿意嗎？」清荷淡然地問。

「就這樣子？」

「妳也是仙胎，不是凡夫俗子，身外之物罷了，不要太計較。」

茉阿點點頭，也不覺得冒犯。「也是。」

聽到她同意了，清荷詫異地看了她一眼。

龍王IV

心裡明明知道她是被嬌養長大的阿修羅公主，茉阿嫌棄這個簡陋的居室也是很正常，至少她心裡早就有了預想，正想要好好地教訓她一番，怎料茉阿只抱怨了一句，就坦然接受了清荷的想法，這讓她確實錯愕了一下。

「茉阿公主妳……」

「姑姑，我現在這身打扮，還是別稱我公主。」

清荷又怔了怔。

這阿修羅公主的身分何等崇高，茉阿公主居然要她直呼其名？

原本對於尊上收了一個邪魔外道的徒弟有些不滿，現在仍是不解，但卻在心底有些頭緒了。

清荷並不是普通的仙娥，她能成為鳳裡犧的侍女，在上界也是有修為的一位上神，這從龍敖也恭敬稱她為「姑姑」就可以窺見一般。

「那公主您覺得該怎麼稱呼？」她試探性地問了一句。

「姑姑您喊我茉阿就得了。」

清荷嘴角上揚。

原來邪魔外道也藏有美玉。

清荷在心底自責地暗暗搖頭，果然自己的修為還太淺，才會以身世和背景視人，實在有負鳳裡犧尊上的教誨。

這阿修羅茉阿公主即使在天界都以絕世美貌聞名，阿修羅以出美女，好妒好戰好爭勝聞名，茉阿公主更是其中之最，其如白蓮般的絕色讓她有芬陀利華之美名，但沒想到……

如今一見，卻是平易近人，說得更白一點，就只是一個沒有架子的小女孩罷了。

「好的，茉阿，妳先在這兒休息休息。」

「我還不累，姑姑。」

龍王IV

「妳是尊上的關門弟子，不必喊我姑姑。」

茉阿俏皮地笑了笑，「還是喊姑姑吧，不然要改喊姊姊，不如以後笑容可掬時我就喊姊姊，法相莊嚴時喊姑姑。」

清荷嘴角上揚的弧度越來越大了。

「罷了，就隨妳吧！」她終究忍不住那笑意，低頭掩口，「尊上要是知道收了個油嘴滑舌的潑猴進門，不知有何想法。」

「提到師尊，姑姑，什麼時候可以拜見師尊，我還沒有拜師呢！」

「妳既已經入了門，不必再拘禮，妳早就拜了師。」

「咦？這樣就算數了？」她偏過頭，一臉疑惑，「什麼時候？我怎麼不知道？」

「人說一諾千金，但尊上一諾，何止千金之重？妳既然已經完成尊上收徒的條件，來到了這洞府，自然就是尊上的徒弟，我剛才不是說了嗎？妳是尊上的關門弟子，妳就安心在這兒，等尊上召妳吧！」

見清荷要走，茉阿又叫住她。

「又有何事？」

「姑姑，什麼是關門弟子啊？」

「關門弟子就是妳，在妳之後，尊上不會再收徒了，妳就是她最後一個徒弟。」

茉阿被這個消息給結結實實地震撼了一把，傻在原地。

鳳裡犧上神居然要收阿修羅為關門弟子？

在多年之後，鳳裡犧收了阿修羅為徒的事被傳了開來，有許多個版本，其中一個還算是有幾分真實，有幾分足以採信。

阿修羅是天神之敵，但茉阿能拜鳳裡犧做師父卻不是沒有理由的。

傳說修真已臻化境的鳳裡犧上神早就無喜無悲，卻在聽見阿修羅茉阿公主轟

龍王IV

轟烈烈的事蹟之後，哈哈笑了三聲。

別人哈哈笑了幾聲不過尋常，但這可是鳳裡犧上神數萬年唯一展露笑顏的一次，不但如此，還笑出了聲。

但鳳裡犧上神展露笑顏的真意卻沒有人真正猜出來。

自此因緣已定，收了茉阿公主為徒。

光看大阿修羅王歡天喜地送女兒出門，比送女兒出閣還高興，就知道這是多麼稀罕的事，至少稀罕到連大阿修羅王都不得不領情。

但迷迷糊糊的茉阿公主卻連師父是什麼來歷都不太清楚。

＊＊＊

這洞府全由夜明珠照明，茉阿想睡的時候，拿起一塊布來遮住明珠，那就是天黑了，她要是想起來，就拿起那塊布，那也就天亮了。

精神一養足，她就抄起床上那顆鳥蛋想去找龍敖……

今天非得要他幫忙孵一陣子不可。

「他走了？」

怎料是這種結果。

「一早就離開了。」

當清荷給了她這個答案時，茉阿心裡突然有種莫名的感覺，有點涼涼的，又有點空空落落的，好像……

什麼東西掉了的感覺。

「真氣人，怎麼不說一聲就走了呢？」

「其實他是有打算來道別的，但妳睡得很死，殿下還有許多事要辦，臨要登基，當然是忙得很，尊上就讓他早早回去了。」

龍王IV

茉阿怔了怔才聽出「殿下」是誰，知道龍敖曾打算來見她，卻被她貪睡給誤了，更是覺得心裡不舒服。

「喔……」

見她往回走，清荷叫住她，「茉阿，妳去哪兒呢？」

「既然都睡遲了，索性多休息一陣吧！」她垂頭喪氣，「姑姑，我回房了。」

「回房做什麼？妳還睡得著啊？」

「睡不著就孵蛋吧！」

「金翅鳥蛋不用孵，時間到就出來了。」

茉阿聽她這麼一說，反而精神來了，「真的不用孵？我以為是龍敖騙我的。妳說這怎麼那麼久還沒出生，還是我敲破看看？」

「萬萬不可，妳若敲破了它，出來是殘缺不全的，金翅鳥會記恨於妳。」

「他真會恨我？」

「是的，曾有母親忍不住敲開金翅鳥蛋偷看，卻被兒子詛咒的。」

「呃……」茉阿傻了，「會記恨啊！原來這天下最愛記恨的是鳥兒，難怪易天要把這頂帽子扣在我頭上，是為了脫罪啊！」

清荷失笑，「妳這孩子嘰嘰喳喳地不知道在嘮叨些什麼？」

「共命鳥啊！姑姑有聽過吧？」

「聽過，這普天之下也只剩下他們了。」她轉身，七寶纓絡隨著她的動作晃動著，「茉阿，妳隨我來。」

「是。」

茉阿跟著，又覺得四周安靜沒趣找話聊，「姑姑，妳說我是師父的關門弟子，師父有幾個徒弟呢？」

「十個。」

龍王IV

「那我何時拜見呢？」

以師尊收徒的標準，她有些好奇這些師兄弟是何模樣。

「他們都濟世去了。」

茉阿聽出言外之意，「不會回來？」

「不會。」

她有點沮喪，低著頭往前走，走著走著超前了也不知道，清荷就定在迴廊旁邊，就這麼任她直直走了進去，恭立在後方。

一陣清新的香味傳來，有種似肖楠木的香味，她四下望去，才發現失去了清荷的蹤影，只餘自己了。

「姑姑？咦，清荷姑姑去哪兒了？」

茉阿聽見細微的聲響，她的耳目都聰敏，辨出方向就直直前，這室內空曠，中央有一個如明鏡般的大池，室內不算窗明几淨，地上有些許泥印，卻不見髒亂，反而有種異香……

「妳在做什麼呢？」

眼前有個女仙娥正在桌前和稀泥，她的面前正擺著一個個栩栩如生的小人兒。

茉阿走上細看，「這全是泥塑的？」

「是啊！」

「我也會。」

茉阿二話不說就拿起土來，照著面前的泥人捏，沒多久就完成一個，交到對方面前，一副討賞的模樣。

「如何？」

「馬馬虎虎。」

茉阿不服氣，「我再捏一個。」

龍王IV

對方不置可否，任她去忙。

她這次捏得更快了，三兩下就捏出一個。「現在如何？」

「大不如前。」

茉阿聽了就怒了。

「就捏一個泥人，我怎麼可能捏不好？我就不相信！」

「自有公論，容不得妳不信。」

茉阿聽了更怒，她轉身四望，突然發現水鏡前有一條木鞭，茉阿執起木鞭，用鞭身沾泥，「我就算只用這鞭沾上泥，隨意一甩都可以做出泥人。」

茉阿才說便往外一甩，那鞭上的泥漬果然因她施法而形成一個個小人，就這麼隨著鞭勢，滿天飛舞著。

「住手……」

被這怒聲一喊，原本要回嘴的茉阿突然全身無力，跪倒在地上。

「妳……對我做了什麼？」

茉阿駭然望著那仍坐在桌前的女子，此時那人原本清麗的容貌，帶著一絲薄怒，那怒氣是針對著茉阿。

她手往上，收拾了茉阿甩出來的許多泥人，卻還是有幾個掉入了水鏡之中，她只嘆了一聲，又稍提高聲音，「清荷進來。」

清荷現身，上前一拜，「尊上有何吩咐？」

聽到清荷的稱呼，茉阿頓時傻了。

「妳是……妳是……」

茉阿覺得倒楣透頂了，第一次見到師父，就跟師父較上勁了。

「桀驁不馴、粗魯不文，要有驕傲的條件也要修為夠格，清荷，妳懂我的意思嗎？」

「我懂。」

龍王IV

「那就交給妳了。」

「謹遵尊上之命。」

「下去吧！」

聽到那冷冽冰霜的聲音，茉阿知道自己的好日子到頭了。

第四章

茉阿因為龍敖之助，平安地來到西荒見到師尊鳳裡犧上神，這才知道她的師尊不但是遠古天神，還是一位女神。

十個師兄弟都沒見到，但是第一回見到師父就得罪她，她真是苦命。

「清荷姑姑，妳應該要提醒我的。」

「我怎麼知道，妳就急吼吼地衝進去，尊上要我帶妳去見她，這……就是命運吧？」

果然是命運，她一直自認是普天之下最強運的人，卻在一天內破功了。

自此之後就陷入痛苦的修煉之中，既然來到這兒拜師，茉阿當然有辛苦的打算，但知道辛苦是一回事，發現「真的」有多辛苦又是另一回事。

不過沒有師父的允許，她想要出去是不太可能。

「清荷姑姑，出去外頭的通道關閉了嗎？」

「還沒。」清荷露齒一笑，「但妳想要出去是不可能的事。」

「我也是這麼想。」

「有些事想通了，就不必再浪費口舌多問了。」

「我也是想問問看是不是有一線生機啊？」

「既然妳已經自投羅網，那就認命。」

「怎麼清荷姑姑妳越來越會說笑了。」

「妳說一線生機，我就只能想到自投羅網啊！」

「嘿嘿嘿。」茉阿尷尬地笑。

「孩子，妳就專心修煉，除非尊上派妳出去，否則等妳有一定的修為後，尊上才有可能認可讓妳出外。」

「那前面那十個師兄呢？」

「他們就是這樣才出去的。」

唉唉唉，這龍敖真是的，把她帶來什麼地方啊？

「心隨念動，妳最好不要隨便亂想，這是修煉的大忌。」

「我知道，不可以亂想是怕走火入魔嘛！」

「妳聰明。」

「唉，現在連想東西的自由都沒了嗎？」

「在練功的時候是沒有。」

茉阿雖然唉唉叫，但她可是沒有放鬆，畢竟師尊時不時會出現，而清荷得了尊上之命，也沒有對她寬待。

不過怎麼練都是那些基礎的法門，茉阿以前就學過了，任何一個初出茅蘆的修道者也學過，就是那種既苦又沒有效用的修煉法，這真的讓茉阿很無奈。

換句話說，她拜了一個有名的師父，學的卻是三腳貓的功夫，要這樣下去，她何時才能打敗那個陸吾神鳴雷呢？

何況，這裡雖然清幽，但待久了也覺得無聊，每天就她跟師尊兩人對看，實

龍王IV

在是悶。

很不幸地，她心裡想什麼總會被發現，於是開始第二輪的「基礎修煉」。

一整個沒完沒了啊～～～

強將手下無弱兵，她可是阿修羅的茉阿公主，本來就有強悍的修羅血統，又是遠古天神鳳裡犧的關門弟子，她以後一定會變得很厲害的好嗎？

不用現在那麼趕著修煉不是嗎？

這無止境的修煉，就算能精進她的功力，她仍然不太情願，一直在想……

不知道自己究竟是招誰惹誰，前世作孽，才有這個報應。

就怪龍敖吧！

要是他沒有從水底救了她，那麼她就會昏迷在那兒，也許就被救回阿修羅王城，然後完成不了到西荒的任務，仍在皇城裡無法無天地玩樂。

這龍敖走得乾淨，不然她就狠狠地抽他一頓。

還有那該死的易天和易地，說要來看她，卻到現在還沒來，要是等通道關了，看他們還怎麼進來。

通道一關，要想自外傳訊進來，那就是難上加難了。

＊＊＊

茉阿每日除了修煉之外，就是詛咒龍敖和易天、易地，日子也不算是無聊，經過一陣子，雖然龍敖盼不來，但共命鳥卻仍是被她給盼來了。

「茉阿，妳有客人來了。」

茉阿從居室走出，見到是清荷，連忙見禮，喊了聲姑姑。

「我怎麼會有客人，誰會知道我在這裡……」她靈光一閃，「難道是……」

清荷點點頭，「共命鳥！」

龍王 IV

「喲……」她高興得跳了起來，「哎呀……」

「別……」

茉阿跳得太高，一頭撞上了洞頂。

「別動不動就跑來跳去，樂極生悲了吧？」

「姑姑，快帶我去……」

「跟我來。」

「等等，我把小雞帶好。」

「小雞？」

茉阿回過身從床上拿了那顆金翅鳥蛋。

清荷想，上回她跟茉阿說過那金翅鳥被敲破蛋殼之後記恨母親的故事，茉阿就說金翅鳥好記恨不是嗎？

現在她卻替金翅鳥取了個「小雞」當名字，茉阿就算不敲破他的蛋殼，這金翅鳥出生後也是會為了這名兒恨茉阿的。

茉阿將金翅鳥蛋擺在胸口，小心地放穩，「放在這裡，他就可以時時聽到我的心跳，以後出生就可以貼心一點兒。」

「心意挺好。」

「姑姑，我們走吧！」

她隨著清荷走出這彎曲的洞中甬道，幾次從旁邊走出幾個小仙娥。

「見過清荷仙姑，仙君。」

清荷微微點了點頭，又帶著茉阿往前行，「這裡不是每個人都知道妳的身分，她們叫妳仙君並沒有錯。」

「仙君仙君……」茉阿細細品味這稱呼，覺得很妙。

沒想到她以一個阿修羅的身分可以當上天神，而且還不是天女仙子，而是一個仙君神君啊！

清荷看她越想越樂，大概也猜得出她的心思，更加認定自己一開始的看法是錯的，這令阿修羅驕傲的美麗公主其實也只是一個愛玩鬧的孩子罷了。

又經過兩個甬道，再看到三三兩兩的仙娥走過。

「姑姑，沒想到這兒人這麼多。」

「這洞府不是妳所看的這麼簡單，再多的人也塞得下。」

茉阿本來是不信，但再經過一個彎，她卻見到了光線，不同於明珠柔和的光暈，而是帶著熱力的日光。

茉阿三步併作兩步衝過去，衝到光線的最後，差點一腳踩空，及時被趕來的清荷抓住……

「小心！」

是一個洞門，但底下卻是空的，下頭是一個水池，深藍色的一片，深不見底，最下方幾乎是黑黝黝的。

茉阿探出頭去看，外頭山青天藍，她深深地嗅了一口，還有淡淡的花木香味，閉上眼睛去感受那淙淙水聲……

果然是仙境。

當茉阿再度張開眼睛，眼中只有喜悅。

「姑姑，我終於見識到何謂別有洞天了。」

「不如阿修羅王的皇城華麗吧？」

「就像羅睺王的四大美妃一樣，各具風情。」

清荷皺起眉，「羅睺王？」

茉阿摸摸頭，有些不好意思，「比喻失當，妳們不喜歡我羅睺兄長。」

「以後別在他人面前提起羅睺王，不，四個大王都別提吧！」

「我知道，他才剛領軍打過天庭。」

她心底對阿修羅還是有偏袒的，認為既然打輸了，難道就不能寬容一點嗎？

龍王IV

但茉阿不是笨蛋，知道這話不能在這裡說出來。

她再度探頭出去看，「差點掉下去摔得粉身碎骨。」有點心有餘悸的樣子。

「別裝了，阿修羅的茉阿公主沒那麼容易死的。」

「剛不是說不許提阿修羅嗎？清荷姊姊下回說了要罰。」

「呵，要罰我時就叫姊姊了？」

「當然，姑姑是長輩不能罰的。」

清荷不以為忤地又笑了。

「清荷姊姊，妳笑起來真好看，難怪……羅睺兄長喜歡上天看美女……啊，我錯了。」見清荷瞪她，茉阿才知道犯了規。

「剛才說過不許提羅睺王的。」

「清荷姊姊，妳就饒我一次吧？」

「不行，妳認罰吧！」

「罰什麼？」

清荷從洞口往下指，「從這裡下去。」

「不會吧？這樣就要我粉身碎骨？我才提了羅……」茉阿掩住嘴，「差一點點又提了。」

「算妳機警，快下去吧。」

茉阿苦著臉，「看在我知錯能改的份上，就別逼我去死了吧？」

「妳一個阿……」清荷住口，有些好笑地瞅著她，「妳這壞孩子，設圈套讓我跳？」

「嘿嘿……」

她跳下去是不會死的，阿修羅不會死，天女也不會死。

但茉阿真的不知道跳下去會發生什麼事，所以她也不想跳。

「妳就這麼沒用？」

龍王IV

「我沒學過……」她想了想，不想弱了阿修羅一族的名聲，「也不是沒學過，是我自己不好，法訣總記得零零落落，沒有把握下去，像天女那樣勾人地緩緩而降，媚惑眾生。」

「天女由天而降是度化眾生，不是要媚惑眾生的。」

「不是嗎？在我羅睺兄長眼中看起來都是這樣的。」見清荷又皺眉，茉阿聳聳肩，「姑姑，妳就別再罵我了，反正死活都要受罰，我說一次也是罰，說兩次也是罰，我不如一次說個痛快，不過這帳我總要跟我羅睺兄長算的。」

「妳……真是。」

「我知道妳是擔心我，我會記得，時時小心不被別人發現我是一個阿修羅。」

茉阿還有一點沒說，藏在心底。

以目前她的修為，也委實沒有臉跟人家說她是大阿修羅王的公主，說真的，她是連跳下去的把握都沒有，一出門就遇大險溺水，又被龍敖救了，現在她還真的不敢跳，有種如夢初醒，看清自己的感覺。

這對於驕傲的茉阿來說，真的是一大打擊。

她是不太有把握由天而降，召來祥雲這事，本來她也是不會的，但一路看著龍敖使多了，她的天資聰穎，凡事就算不用心學，看個幾次也就明白了。

而這降雲就是龍族最為拿手之事，雲從龍、風從虎，龍族原本就有翻手為雲、覆手為雨的本事，茉阿在旁邊，跟著頂尖的好手學了那麼久，現在也有幾分把握，但沒試過又覺得心中有些忐忑不安。

「怎麼，要我教妳也成，不會就說。」

茉阿搖頭，「我試試看駕雲，之後再請姑姑您指點一二。」

她憶起龍敖召雲時的手勢和法訣，還不小心憶起他那微抿的薄唇和飛揚的劍眉，那帶笑的眼睛……

龍王IV

唉，這時還想起那麼多，實在是不妙。

遠方雲霧聚攏。

「還不錯。」清荷讚許地點點頭。

「我不覺得。」茉阿瞪著那雲喃喃自語。

那雲霧之間，彷彿隱著那清朗的容姿和笑容……

人都走了還一直想著那人，茉阿心想，她怎麼跟入魔一樣，莫非也得了跟羅睺兄長同樣的病？阿修羅王喜歡看天女，她喜歡看天宮的神君也算是旗鼓相當，茉阿也真想得開。

「怎麼了？」

茉阿警醒，抬眼看到那朵祥雲已經聚在她面前，她啟步移上，才站穩就得意地朝著清荷笑。

「去吧，他們在底下等著妳。」

茉阿點頭，駕雲往前幾步，突然想不起要怎麼下了。

召來一朵祥雲沒問題，走上去也沒問題，往前移動也沒問題，但是……

要怎麼下去啊？

只見一朵雲載著一個人，時而向左、時而向右、時而向上，越來越高，就是不往下走……

清荷也發現不對了，急忙掐起一個法訣，冉冉上升，卻追不上茉阿向上升的速度。

「遠水救不了近火啊，清荷姑姑……」

不過羅睺兄長說得沒錯，天女的姿態真是美麗又勾人，她應該也要多學學才是，等她學會之後也要在龍敖面前這麼飄然而下……

咦，她怎麼又想起這個人了？

茉阿突然心砰砰地跳著，有種奇異的感覺。

龍王IV

這……她不是春心萌動了吧？

虧她能在這麼危急的時候還分神，但茉阿就是有這本事，想著想著，越想越不對勁，也有些憤慨起來。

這春心什麼時候不好動，偏選這個時候才動，未免也太欺負人了吧？

她一向眼高於頂，身分又矜貴，看上龍宮太子也算是門當戶對，可是……

就算她不在乎他已經有了對象，可是人都走了，她還怎麼去嘗試那天雷勾動地火的火辣場景？

她低頭看看自己這一身，更是火大，現在兩個男人要怎麼實現那耳鬢廝磨，被翻紅浪的情慾場面？

就算她這時還能排除萬難，霸王硬上弓好了，人都走了，她想做些什麼也來不及了。

唉，想著便覺得無趣，茉阿抬頭往下看，清荷的動作不算慢，但沒比她快，照著龍敖這方法使喚雲可日行千萬里，她這麼一直往上衝也不是辦法，到時從更高的地方掉下來，就算不會摔得粉身碎骨，但疼還是免不了的。

她嬌慣了，平日最是怕吵怕痛，更是怕死，看這情形，她狠下心，一閉眼就往下跳……

「早知道一開始就往下跳就好了。」

清荷驚喊，「茉阿……」

一隻七彩雙頭鳳鳥張開羽翼正往上，那速度如風雷電閃，不一會兒就經過清荷身邊，揚起一陣香風續往上衝……

「清荷，就交給我們。」

清荷往上喊，「我不知道她不會駕雲。」

「放心，我們會帶她回來。」

直往下墜的茉阿只覺得風颳在臉上像刀從面上颳過，她試著提氣輕身，但沒

龍王IV

什麼用，只稍稍減緩了一點點點點……

要重召一朵雲嗎？

她隨即放棄了這個想法。

這雲朵在她還沒有學會法訣前，還是不要亂召比較少討皮痛。

既然要摔，她就做好打算，全身繃緊並擺好姿勢，要讓肉多的地方先著地，雖然變成男人，體型都變了，但屁股還是肉最多的地方。

她閉上眼睛等待「著地」的那刻，那疼痛的瞬間……

「咦？」

她是著地了，但卻是一片軟綿綿，還帶著兩聲悶哼聲。

「妳這幾天吃了什麼，好像重了許多？」

「易天、易地？」

她張眼，先是驚喜，而後又垮下臉，「你們剛才說什麼？」

「……」

「嫌我重？」

「妳也看在我們上來救妳，翻臉別翻得那麼快吧？」

「哼，我掐死你們……」她一手抓住一個，用力地攏向自己身上。

「啊……妳就算想掐死我們也等下地再掐啊……」

茉阿火氣一來才不管，「嫌我重，我跟你們同歸於盡！」

這七彩羽翼被茉阿這麼一整，四散掉了不少根，而共命鳥就這麼歪歪斜斜地由天而降，而後氣喘吁吁倒在草地上。

茉阿站起來，順順氣，又把四散的羽毛拿在手裡集成一束。

「妳這沒良心的丫頭，不道謝還拔我們的毛。」

「正好拿來做扇子……」她估量著，「好像不太夠。」

見茉阿又盯著他們看，易天和易地連忙回復人身。

龍王IV

「別……」

「小氣。」她將共命鳥羽毛收進懷中，「收著總沒錯，這羽毛平常可是收不著的，我不趁著氣頭上多收幾根怎麼行？」

「妳這麼刁蠻，不知道為何尊上會願意收妳為徒？」

「易天絕不會說我刁蠻的，你是易地。」茉阿上前又掐了他一把。

「別……別掐我……」

他閃來閃去，跳來跳去，突然臉色一變，「哎唷……茉阿，妳為何掐我？」

見他一臉委屈的模樣，看他那表情，茉阿就知道又換人了。

「易天，你就怪你那兄弟，逃不過就推你出來挨痛。」

「這易地平日愛跟我唱反調，只要我說東，他就要往西，難得跟我一致的，要是有冒犯妳的地方，妳就原諒他吧！」

易天揉揉自己的痛處，覺得有些冤枉，才抬眼看向茉阿，就突然定在她胸前不動了。

「你一直盯著我做什麼？」

他指著茉阿胸前，「茉阿，妳那裡怎麼鼓鼓的？」

「沒見過女人胸口隆起的嗎？」

「見是見過，但是沒見過變成男人的女人還胸口隆起……」

茉阿低頭看向自己，「怎樣？我就很特別啊！」

易天嗆住了，「而且……還只腫一邊。」

茉阿伸手反覆摸著胸前。

「這個動作女人做起來不太好看。」

「反正我現在是男人，不是嗎？」

「要是男人胸口腫起來，必定是得了病。」

「生屁的病，沒時間跟你閒扯。」她解開衣服。

見她又有驚世駭俗之舉，易天連忙轉開臉去。

「躲什麼躲，快來看我這件稀奇的東西。」

「妳先把衣服穿好，就長顆瘤沒什麼好稀奇的，叫尊上替妳變不見就行了。」

「易天，你是想連頭髮也被我拔掉是不是？」

易天在她淫威之下，只好轉過頭來看向茉阿。

「金翅鳥蛋？」

「沒錯。」

「妳是哪兒來的金翅鳥蛋？」

第五章

看到金翅鳥蛋，易天表情一陣掙扎，不一會兒，那臉上的表情驟變，有些玩世不恭，但又帶著些許凝重。

「你們今天玩變身遊戲啊？這考不倒我的。」

換上易地出現問話，他伸手拿過那顆金翅鳥蛋，「妳這是怎麼來的？」

「撿來的。」

「我想不通，這裡應該沒有地方可以撿金翅鳥蛋啊？不過……妳沒被大鵬金翅鳥打死算妳命大。」

「龍敖也這麼說。」

「什麼？」他更驚訝了，「這跟龍敖有什麼關係？」

易地知道是龍敖護送她，但跟這金翅鳥最不應該扯上關係的人也就是龍宮的太子龍敖了。

「龍敖跟我一起啊！這你不是知道嗎？我們一起來的。」

龍王Ⅳ

「他讓妳去撿金翅鳥蛋？」他提高了聲音，這易地很少對她大聲的。

「你為什麼看起來那麼驚訝？」

他當然驚訝，茉阿是不知道，但大鵬金翅鳥長成時，展開雙翼可以化現得跟山一樣巨大，龍敖說的一點也沒錯，茉阿毫不考慮就去撿牠的蛋，萬一被攻擊，實在是很危險。

「茉阿，妳知道龍族的天敵是什麼嗎？」

令共命鳥驚奇的是龍敖的行為，不但沒有毀了那顆蛋，還讓茉阿撿了回來。

「這還用說？」她覺得問題太簡單了，嗤之以鼻，「天龍一族就是天神，天神的敵人不全都是阿修羅嗎？」

「笨孩子，龍族的敵人不一定全都是天神的。」

「那是什麼？」

「就是大鵬金翅鳥。」

「什麼？」

「大鵬金翅鳥長大後，一天吞掉一山的食物也不是問題。」

「這食量未免太驚人了吧？他們喜歡吃什麼？」

「就是龍啊！」

「呃……」這點她倒不知道了。「難怪他一看這蛋就皺眉頭。」

「龍也有許多種，龍敖是天龍的皇族，金翅鳥別說是想吃他們，就算他們虛弱至極也動不了龍敖，雖然金翅鳥對他們沒法子，但龍宮管轄的那些徒子徒孫們就不一定了。」

「好險。」茉阿拍拍胸口，心有餘悸。

茉阿從易地手上撈回她的金翅鳥蛋。

她有一個美夢，聽說小鳥出來時見到的第一個臉孔就是娘，茉阿想要當小鳥的娘……

她恨不得趕快敲開它，叫他快點出來。

既然她看上了龍敖，當然不能讓金翅鳥把他當成「食物」。

現在她想通了，但剛開始她還不覺得，龍敖走了不過幾天，她就開始想起他們一路上所經之處，他所說過的話……

他看著她笑的時候，他看著她皺眉的表情。

他那爽朗的笑聲總在不注意的時候響起。

當她驚喜地找尋那熟悉的身影，才發現根本什麼都沒有。

現在發現，她是有了心魔。

一入了魔，任誰也掙不開……

這是情劫。

咦？茉阿突然有點疑問。

雖然她認定自己春心萌動，但發春這種行為究竟是有針對「特定對象」呢？

還是任誰都可以，像一種有時間性的現象，像貓兒發情一樣。

這真是難倒她了。

也不能怪茉阿搞不清楚，除了羅睺王之外，她也沒幾個人可以效法，看多了羅睺王，自然會有這種認知。

易地仍然陷在疑問裡打轉，沒有注意到身邊茉阿的臉色變化。

「這真是奇了……」他沉吟，「龍敖居然會幫妳去撿金翅鳥蛋，實在令人費解，想不通啊，想不通。」

茉阿唉聲嘆氣，沒想到她這第一朵桃花正要含苞待放的時候，就風霜雨打地這麼坎坷。

「易地，你也別多想了，反正龍敖也不在，我最近想到龍敖就胸悶，如果小鳥生出來，我的心情也許會好一些。」

易地看著她，表情突然變得古怪，「妳為什麼想到龍敖會胸悶？」

龍王IV

「可能他變成白龍太亮閃閃，炫了我的眼睛。」

易地震驚，「龍敖變成白龍？他不是赤龍嗎？」

「你怎麼知道他原是赤龍？」

「這千萬年就出那麼一尾赤龍，龍族四處炫耀，每個人都知道啊！」

龍敖真身是一尾尊貴的赤龍，這事無人不知，無人不曉。

茉阿嘟起嘴，「那我怎麼不知道。」

易地很聰明地知道不能接話，他應什麼話都會讓她覺得是在譏笑她孤陋寡聞，這時要用別的話來混過去，不然茉阿又記恨，他的羽毛又要少好幾根。

「茉阿，妳把妳來拜師的事再重新講一次給我聽。」易地總覺得當初他漏了什麼，一個很重要的關鍵。

茉阿有點不情願，那引起修羅王們大鬧天宮之事，要她再說一次是有點難為情，但這易天和易地兩人，那個嚴肅的從來不是易地，她見易地的表情反常地認真，就不敢隨便呼攏回答。

於是心不甘情不願地再從阿修羅宴開始說，如何因為她一個問題惹得花鬘王砍了如意寶樹，又怎麼輾轉到羅睺王那兒結拜為兄妹，而後又引起羅睺王怒上天庭大鬧，而且還不止一次，最後還攻上天庭。

「最後大修羅王就替妳找了鳳裡犧上神當師父？」

茉阿點頭。

「有沒有說細節？快告訴我。」

「我不知道，那陣子被父王關了起來，再出門時就說要我一個人到西荒拜師，獨自一個人上路，後來我聽清荷姑姑說，只要能順利到達，便算入了師門，連拜師的大禮都可以省了。」

「一個人上路……這是條件？」

他揉著眉心，就覺得思緒有一個地方卡住了。

龍王IV

這其中必有玄機，他只差一點就要想通了，易地鑽研著，總覺得就差那麼一點點……

「什麼嘛！你怎麼好像對師父肯收我為徒耿耿於懷呢？」茉阿有點不高興。

「等我想通了再跟妳解釋。」

她背過身去，「別人看不起我也就算了，我們好歹是朋友一場，連你也看輕我，實在太不夠意思了，沒義氣！」

易地走到她面前，「我不是看不起妳，但尊上既然收妳為徒，除了跟妳有緣之外，必然還有她的深意，要是能一窺尊上之意，我也覺得與有榮焉，自然要好好鑽研鑽研。」

易地是慣於哄人的，平日也是油嘴滑舌，這簡單說個幾句，茉阿剛才的悶氣就四散，眉開眼笑了。

「易地，我師尊究竟有多厲害呢？」

鳳裡犧上神究竟有多厲害呢？

「這實在沒有辦法簡單幾句就說得明白。」

茉阿手一叉，一副我等著的模樣，「我有的是時間，你就慢慢說。」

易地苦著臉，看到茉阿這種追根究底的表情一出現，他就有種沒完沒了的感覺，看來今天她不得到答案是不會放他走。

「光是原身，尊上就與眾不同。尊上的上半是美女，下半是龍身。」

「一半是龍？」

茉阿想著師父那個恬淡冷淡的樣子，沒想到原身竟是龍。

茉阿是很羨慕他們的，除了現在的樣子，還有原身可以變化，但半龍的原身她卻是聞所未聞。

「是，尊上不但是龍，而且是崇高受人愛戴的赤龍，至於能化現白龍之後再轉回赤龍的，除了鳳裡犧上神之外再無其他，自此之後，能以真身化現成白龍的

龍王IV

龍族即有權可一爭天帝之位，不再侷限於龍宮。」

但鳳裡犧究竟只是半龍，別說是能化現成白龍了，這千年萬年龍族以真龍之身能再化現的沒有幾個，除了幾個出身高貴的龍王之外，能化現為赤龍的，也就只有龍宮太子龍敖一人。

「天帝？師父要當天帝嗎？」

「能化現成白龍，那他就有成為天帝的實力，可一爭大位，但尊上卻無意爭位，她閉關不出也有數千年了，所以會收妳為徒，也算是有福緣。」

茉阿聽他那麼說，心卻直往下沉。

變成白龍就可以一爭天帝之位，那現在可以化現成白龍的龍敖也是？

阿修羅一族跟龍族關係密切，也算是盟友，只是不是龍敖所屬的天龍一族，他本就是天神那方，萬一真的當了天帝，那就是跟阿修羅勢不兩立。

不過她還有一絲僥倖的想法。

「師父是半龍，易地，半龍是什麼樣子呢？」

易地苦笑，「尋常人怎麼看得見大神的原身，尊上的真身別說是凡人，如果她不願意，就連上神也是看不見的，所以通常示現的都是一位氣質高雅的女神。」

茉阿同意，「是啦！師父的氣質是不比尋常，尤其聲音和臉都冷下來的那個樣子……」說著說著就打個寒噤，「只要師父冷冷朝你這邊看一眼，就會冷得打顫。」

「妳是做了不少傻事吧？」

「目前只有一件……」茉阿垂下頭，「跟師父比捏泥人的速度。」

「比捏泥人的速度？天哪！」

「我看師父在捏泥人，就想我可以捏得更快，但捏了一個，她說馬馬虎虎，我又捏了一個，她又看起來……」

龍王IV

易地一聽就知道茉阿倔強好爭勝的性子又犯了，「尊上現在還有興致捏泥人？唉，妳要是想幫忙也不是不可以，但不要搶快，妳知道嗎？那泥人是尊上造凡人元神用的，捏不好的話，會有不好的結果。」

易地說些什麼，茉阿是聽不太懂，「會有什麼不好的結果？」

「唉，說給妳聽，妳也不懂。」

但冒犯師尊這事，她倒是很乾脆認了，「罷了，我那時還不知道她就是我的師尊，早知道就別爭強鬥狠，我這陣子被煉得很慘。」

「那煉成仙丹了沒？」

「沒，反而快變成爐灰了。」她可愛地吐吐舌頭，「不過，在這裡真的不錯，好多漂亮的天女姊姊，我想羅睺兄長一定很羨慕我。」

易地聽了直搖頭，沒想到崇高的女媧神居然收了一個不男不女，神通半吊子、好戰好勇，還極為……「好色」的徒兒。

第六章

茉阿要是女身，臉要比別人美，胸要比別人大，身材要比別人窈窕。

這不難辦到，阿修羅一族美貌天成，她又是阿修羅道的芬陀利華公主，美貌自然天下第一。

茉阿要是男身，力氣要比別人大，身材要比別人高，聲音要比別人宏亮……

總之不管什麼都要比別人大，如果達不到，心情就會很沮喪。

她愛熱鬧，但畢竟天性好勝，習性與淡然優雅的美麗天女差得甚遠，再加上她在這兒的身分是鳳裡犧尊上的徒兒，自然與其他人之間有段身分上的距離，一時還沒交上什麼朋友。

易天和易地的拜訪和陪伴，沖淡她些許寂寞的感覺。

「你們見過師父了？」

「當然，要不是鳳裡犧尊上答應，我們兩個要用什麼名目進來？妳以為跟尊上說想陪妳打混摸魚就可以嗎？」

龍王IV

茉阿橫了易地一眼。「我原本是很認真每日修煉的，你們兩個來了之後才勉為其難招待你們的。」

易地聰明，沒有多回嘴。

「可我犧牲我修煉的時間卻得到你譏笑我打混摸魚，果然是不知好歹，虧我每天荒廢師尊要我精進的好意，浪費我即將得來的修為……」

易地笑出聲，「浪費妳即將得來的修為？」

「你有什麼異議？」

「茉阿，妳到尊上身邊什麼都還沒學到，自誇的功夫倒是比以前精進許多，我也來了幾天了，就不知什麼時候看見尊上指點妳功夫。」

「我的修為如何精進，不是你這種俗人可以瞭解的。」

易地嘲弄她也不是沒道理。

原來茉阿還會每天練些基本功，就算想不練也不成，因為清荷姑姑一直很盡責盯著她練，不過易天、易地一來，清荷出現也少了，她就像是放了假。

茉阿清閒的時間就陪著易天、易地四處玩，這福地洞天也差不多被她摸個清清楚楚，不再有像進了迷宮之感。

洞府的主人鳳裡犧就更少出現了，似乎任茉阿偷懶，四處遊玩。

說到熟悉地形這事，還多虧了易天和易地，雖說以地主身分領著他們四處晃晃，但這洞府內的各處，茉阿也是剛到不熟，反而易天、易地倒是來過許多次。有些時候，反倒像是他們為她領路熟悉環境。

雖然是閒散神仙，但易天、易地身分崇高，這普天之下最後一隻共命鳥，地位可不比一般，只是茉阿不知道罷了，在她眼裡不論誰都是獨一無二、無可取代，沒有輕重可言。

易天、易地連在阿修羅道都可以一住經年累月地不走，可見這雙頭鳳凰是多麼討喜的人物，如今……

龍王IV

他們要賴在鳳裡犧這裡不走，也是可以如願的。

「這仙境住久了，你們可會膩？」

「怎麼，妳想家了？」

茉阿想了想，這天庭畢竟不如阿修羅道熟悉，往年這個時候，父王會大開筵席，請來其他三個阿修羅王，好好地熱鬧一場。

「要是可以隨時回去就不想了，可是……」

她這麼說，算是承認了，不由得讓易地興起一股憐惜之意。

「妳要是想出去，也不是不可以。」

茉阿訝異，「咦？前面那水濂不是……」

「要拜訪鳳裡犧尊上，確實要依著主人的規矩來。」

「那說了不是白說。」

「妳要是晉升為上神之後，來去自如也不是問題了。」

「還是廢話。」

她明明就不是上神，要晉升上神又是何等之難。

「不然……」他朝她促狹地眨眨眼，「如果有上神願意幫妳，那也是可以的。」

「清荷姑姑她們鐵定是上神，但她們是不會幫我的，除非……」她靈光乍現，狐疑地望著易地，「你們……該不會也是上神吧？」

「妳還懷疑啊？」易地抬高下巴，那表情像是邀功討賞。

「如果是選美的話，你們兩個能度劫飛升做上神，這我是相信啦！」

「妳這丫頭居然敢侮辱我們？」

「我是鳳裡犧尊上的關門弟子茉阿神君，神君是什麼知道嗎？什麼丫頭不丫頭的，注意你的稱謂，真是……」

易天和易地相貌出眾，當年還只是小仙時，就是眾家仙子心儀的目標，共命鳥的原身原就炫麗無比，化為人身更是風流倜儻、英俊非凡。

這也難怪一向愛俊男美女的阿修羅道想也沒想就接受了他們，所以茉阿才會譏刺他們選美飛升就會成為上神。

「妳這小毛頭懂什麼啊！我們當年歷劫飛升，可是足足被天雷轟了七七四十九天，而且還是……兩次。」

「兩次，那不是變烤雞了？」

「沒錯，差點就灰飛煙滅，我倆如今人人尊稱一聲上神，靠的可是真功夫，雖然我們當年也是美貌無雙，天下無敵。」

「天下無敵是有點誇張，不過……若只是當年，我還會相信，但無疑的，現在你們可是輸給茉阿神君我。」

易地嘆了一口氣，「妳臉皮之厚天下無敵，我是甘拜下風。」

她考慮一下，「只要是天下無敵我都接受，就算你們不是真心地讚美我。不過天雷轟你們兩次？這也太沒道理了，你們雖然是雙頭鳳凰，但只有一個身體，怎麼說也要打點折才公平。」

「算沒白疼妳，總算妳還有點良心，會為我們打抱不平。」

「要是你們真能不走水濂出去，我出個題目來考考你們，若能完成，我就相信。」

「要想出去，從水濂的正門是行不通的，必須從後山。」

「可是我上回問過清荷姑姑，後山也有師父設的仙障封印，是沒法子出去的，除非我也成了上神，或是得了師父的令下山。」

茉阿有點不服氣，他們沒說出口，但她就是聽不懂，阿修羅要成為上神哪有那麼容易？何況師尊自從上回泥人事件，還是不太搭理她，雖然看不出喜怒，但那種清清冷冷的表情，讓茉阿也不太敢在師尊面前裝瘋賣傻地討好。

看出了她的不平，共命鳥笑了，「成為魔神也是可以的。」

龍王IV

茉阿怔了怔，「什麼意思，成為魔神？」

共命鳥自知失言，目光游移至遠處，忽略茉阿的問題，又將話題繞回原處，指著不遠處的密林，「這兒是有尊上佈下的仙障沒錯，以妳這種素質和修為想要衝破尊上的仙障當然是不可能。」

「喔，我明白了，如果是上神就有可能？」

易地搖搖頭，「妳太淺了，就算是上神，能衝破尊上仙障的也沒有幾位。」

「去，廢話那麼多，那你剛才又說有法子……從頭到尾都是廢話。」

「呵，這妳就不知道了，鳳裡犧尊上允我們可以自由進出。」

茉阿驚喜，「你們可以解除仙障？」

易地搖頭，「尊上將法訣授給易天，我們只能夠出入仙障。」

「那快帶我出去……」

易地有些猶豫，「但妳要是玩得太離譜，可能尊上一生氣，連我們都被拒於門外，那就得不償失了。」

茉阿冷哼，「我要是太離譜，你不會勸我嗎？怕是你玩得太瘋，比我還離譜。你們該不是沒法子還騙我，把我當傻子耍了？」

「胡說。」

「快領我出去，不然讓我知道你們騙我，看我不拔光你們的毛做掃把和撢子。」

阿修羅就算再怎麼愛美，用七彩鳳羽做撢子和掃把也未免太過分了吧？

易地不敢接話，有點後悔因為一時氣盛，想在茉阿面前炫耀，現在反而有些下不了台，如今茉阿偏要他帶她出去，若是惹怒了鳳裡犠尊上，那該如何是好？

他雖是上神，但自知沒有易天穩重，當年飛升之時也多虧了易天幫襯他，才得以一同晉升上神，現在……實在是很猶豫。

「這茲事體大，我們討論一下再跟妳說。」

龍王IV

他們要討論？這倒是新鮮，平日易地是專斷的，不太與易天商量。

茉阿雙手抱胸等待了好一會兒，「好了沒？」

易地仍閉上眼，「等一下，妳真的很沒耐心，等一下好嗎？」

茉阿只好也閉上眼，由內搜尋她的「耐心」。結論是……

耐心埋得很深，不容易找。

「好了沒？」她瞪大眼睛吼。

共命鳥嘆了口氣，再睜開眼，眼神較剛才柔和許多，「茉阿，妳先說說看想去哪兒好嗎？」

「易天，要是你們真的可以帶我出去，那就先帶我去見那個鳴雷吧！」茉阿不費吹灰之力就可以馬上測知是誰出現。

「陸吾神？他得罪妳了？」

「嗯。」

她從鼻孔直吭氣，顯現她的不滿，並張開嘴嗆出一縷小煙，還磨拳擦掌著。這動作嚇壞易天了，看他微張的嘴就知道。

「其實要見鳴雷將軍不難，他可以進來的。」

「他也是上神？」她不信。

「鳴雷將軍為西方白虎之主，雖然尚未飛升為上神，但也是遲早的事，這帝都附近都由他負責，況且還有鳳裡犧尊上的允許，他是可以自由進出的。」

茉阿還在發怔，易天見機不可失，也不問她的意見，自顧自地手掐起法訣，嘴上持著法咒召喚鳴雷出現。

她還沒怎麼注意，耳邊傳來一聲虎嘯……

鳴雷由遠方天際飛奔而來，一旁帶著欽原鳥和美麗的鸞鳥和鳳凰，待他們落地，那鳳凰即向易天下拜。

「拜見老祖宗。」

龍王IV

「起吧。」

鳴雷他英氣逼人，上前一揖，「上神，是你召我來的嗎？」

那鳳凰原身本就美得冒泡，化成人形更是我見猶憐的一位姑娘，她向易天下跪也不會太讓人驚訝，雖然外人不知道共命鳥的奧妙，但在旁人看起來就是鳳凰無誤，易天被恭恭敬敬稱一聲「老祖宗」也是應該的。

「茉阿神君說前日與你有些衝突，央求我召你前來，你有什麼誤會就當著我的面說清楚吧！」

鳴雷聽了心裡想，這上神未免太不懂規矩，就為這區區小事召喚他來，讓他離了職務。

「鳴雷職責所在，不知道哪兒有誤會。」

茉阿氣得跳出來，「你不分青紅皂白就對我出手，還打傷了龍敖。」

「龍敖自然知道我是盡忠職守，不會與我計較。」

這樣說起來反倒是她心胸狹窄了嗎？「那一路派欽原鳥跟著我們還攻擊我，不是有意陷害是什麼？」

「欽原鳥不會主動出手，定是茉阿神君先動手。」

易天哈哈笑著，「傳言陸吾神護短至極，沒想到一句不假。」

「上神，鳴雷是據理力爭，絕不是護短。」

「但是……你對茉阿神君動手，又傷了龍敖，也派了欽原鳥跟蹤他們，是否屬實？」

「這倒是不假。」鳴雷很大方地承認。

「好。」易天轉向茉阿，「妳打算怎麼做？」

「讓我打他一頓，他要是輸了就要當我的部屬。」

易天覺得這是頭腦簡單的人才想出的方法，但是也無不可。

「鳴雷，你怎麼說？」

龍王IV

鳴雷臉黑了黑，心想這上神實在為老不尊，不當和事佬也就算了，聽他的語氣，好像還贊成他們打一架。

他考慮半晌，「這裡不合適。」

「有什麼不合適的？」易天退到一旁，「你放心，你們動手，我必定不會偏幫任何一人。」

鳴雷只覺得好笑，他不偏幫茉阿，那自己又怎麼會被召來這裡？

易天退開兩步，「還等什麼，開始吧！」

鳴雷進退兩難，這易天也不顧念自己上神的身分，為老不尊，反而隨著小毛頭一起搗亂。

「我身為陸吾神鎮守帝之下都，天之九部，沒理由與他人在尊上的修真之處械鬥。」

鳴雷雖然沒有明說，但言下之意即是提醒易天既然受邀作客，當然也不該在鳳裡犧的洞府中鬧事。

聽明如易天又怎麼會聽不懂，「鳴雷將軍此言差矣，茉阿既然是尊上的徒弟，又怎麼可以當作是他人，尊上的修真之處自然就是他的居處，更談不上在他處攪亂或械鬥。」

鳴雷這時不由得後悔，當日怎就沒卜算一下，避開這個邪門「神君」。

易天說他是神君，鳴雷當然相信，但他就是想不通，怎麼他就測不出這茉阿神君的仙氣？他可是鎮守九都的陸吾神，這四海八荒之中，要入天庭就必先經他的眼，怎麼遇到他就失了準？

就為了這一點，他賠禮也是無傷，想到這兒，鳴雷心中豁然開朗。

於是他拱手一揖，「算是鳴雷的錯，那日竟有眼無珠未分辨出神君仙氣，請上神見諒。」

知道他要示弱遁逃，易天是鬆一口氣，想這事就這樣了吧？

龍王IV

「不行。」茉阿搖頭。

易天心一涼，想想又覺早知沒那麼好解決，如果會輕易放了，那就不是她了。

「當日茉阿與將軍立下一較高下之愿，將軍難道真有那麼天真，認為立了誓愿能用三言兩語就解決？」

易天皺眉。茉阿說得也是在理，種什麼因結什麼果，心裡又怨鳴雷，茉阿不懂事也就算了，但鳴雷可是見多識廣，怎麼會犯這種錯誤？不是欺茉阿是個凡夫，他又怎麼會答應立下這種約？

另一方面，鳴雷見他步步進逼，火氣也上來。

「行，既然上神在此，我也不矯情推托，但不知神君打算如何較量，若是輸了又如何？」

「我要是輸了，當然也自願為你差遣。」

「不可。」

出言的是說好不插手的易天。

茉阿和鳴雷兩人同時瞪著他，臉上都帶著不滿神色。

易天在心底直嘀咕。茉阿這丫頭想也沒想就說出這種話，也不考慮自己的身分，她要是輸了，難不成也要阿修羅當鳴雷將軍的屬下？

還有，她是鳳裡犧尊上的徒兒，也算是這兒的半個主人，要是茉阿輸了，難不成也要這洞府服侍的小仙們也到鳴雷身邊做他的眷屬聽他使喚？

易天越想越覺不對，雖然寵著茉阿任她胡鬧，但這裡是鳳裡犧尊上的地方，要是鬧得難看，易天也覺難交代。

「茉阿……」他正要勸。

茉阿舉起手阻他再言。

她怎麼會看不出易天想些什麼，無非就是怕她輸了。不，他是覺得她必輸無疑，想著就令她不愉快。

「我心意已決，你別再說了。」

唉，他原先以為召來鳴雷，又在鳳裡犧的地盤，鳴雷見這陣仗，自然會退一步，讓茉阿打一頓出氣，不會當真，怎麼知道鳴雷也是倔脾氣，還有意真來較量，硬要茉阿也下了賭注。

賭注一下，那就糟了。

易天的心是很偏向茉阿的，這從頭到尾就沒想到，萬一茉阿要是贏了，她可不會輕易放了鳴雷，定會要他西方白虎一族全都奉她為主。

「廢話少說，動手吧！」

鳴雷也持咒掐訣……

「慢著。」

隨聲出現的人是清荷，她緩緩降在他們面前，茉阿正要見禮，她卻側身偏向一邊，表情有些嚴厲，也未和易天打招呼。

易天知道糟了，這是鳳裡犧尊上的意思嗎？他惹怒了尊上？

鳴雷見禮，「見過清荷上神……」

「鳴雷將軍光臨，清荷來迎是職責，不用客氣。」她的音調和面容都極其柔和，但轉身面對茉阿，表情雖然沒變，看在茉阿眼裡卻心中一顫，「尊上請茉阿神君過去。」語氣仍是溫柔，語意卻讓人直打寒顫。

「是。」

她二話不多說，轉身離去之前看了鳴雷一眼，表情倔強。

＊＊＊

龍王IV

茉阿原以為會受到師尊訓斥，但事情卻不是這麼回事。

經通傳進入時，她的心還是一顫一顫，這是茉阿第一回感覺到「害怕」是何意。

說實在的，鳳裡犧除第一次她甩泥人入鏡池之時有些薄怒，從未對她疾言厲色過，鳳裡犧尊上面容莊嚴，身段嬌柔，外貌也不會令人生畏。

不過那種不怒而威，令人肅穆的內在氣質卻能牽動茉阿的心神舉止，心悅誠服到五體投地的境界。

此時鳳裡犧正端坐在桌前，面前仍是泥塑人偶，但雙手素淨。

「妳想與鳴雷一爭？」

果然來了，她心想。

「師尊是不准？」

鳳裡犧嘴角微勾，勉強算是一個微笑。

「干我何事。」

「若是我敗了，失了師尊面子。」

鳳裡犧聽了，頻頻點頭，「妳說得有理。還有呢？」

「還有……我要聽鳴雷差遣，成為他的屬下，也有損師尊名頭。」

鳳裡犧點頭，「嗯，妳分析有理，只是……既然那麼多壞處，為何妳還要跟鳴雷一戰？」

茉阿急忙辯白，「師父，也有好處的，我跟鳴雷有賭注，若我勝了，他甘心為我驅使。」

「嗯。」鳳裡犧聽了還是點頭。

怎麼師父一直點頭？讓人看了心慌。

鳳裡犧越是點頭，沒有表現出反對的模樣，茉阿越是害怕，只是一直盯著鳳裡犧面前的泥人，心裡怕得心跳都跟打鼓一樣響。

龍王IV

「師父……」茉阿別的沒有，就是膽子大，她寧願找死，也不願嚇得半死，所以還是問了。

「妳說得對，若是得了鳴雷做阿修羅眷屬，確實是大大的好處沒錯。」她抬眼淡然看她，「妳有必勝把握？」

茉阿默然。

鳳裡犧又點頭，「也是，妳跟鳴雷還沒開打，怎麼知道他能耐。」

恐怖恐怖太恐怖，這師尊反應完全跟預想不同，似乎不但不反對跟鳴雷打，反而還贊成打。

這樣反常，反而讓茉阿不知道該怎麼反應。

「師父，我一定會打贏的。」

「當然，我鳳裡犧的徒兒不打則已，一打當然非勝不可。」

「是。」茉阿臉露笑意。

「要打勝鳴雷，至少要有打勝清荷的實力。」

笑容僵在茉阿臉上。

師尊說要打敗鳴雷，要先打敗清荷姑姑……

茉阿知道自己沒有打敗清荷的實力，這鳴雷真的如此強嗎？她來這兒拜師學習，還沒有進入狀況，師父也還沒真正教過她什麼，若是鳴雷真打贏了她，那不是對不起師尊了嗎？

見茉阿心中琢磨，鳳裡犧嘴角又往上勾了些。

崇高的遠古天神鳳裡犧上神收了這個好勇鬥狠，心高氣傲的徒兒，本應該徹底磨練砥礪這個徒兒的心志，不然就要指點她修煉，但尊上除了讓清荷監督她練練基本功之外，就每天放牛吃草，任茉阿四處閒逛，惹是生非。

現在茉阿可是知道怕了？

鳳裡犧之所以不教她武功，是因為茉阿的阿修羅天性，因此讓她於仙境中自

龍王IV

由自在地活動，也好讓她爭強好勝的性子能被沖淡一些，讓清荷盯著她的基本功，也是想不讓她的修為荒廢。

只是成效不彰，她竟然還去找鳴雷挑釁，於是鳳裡犧有了別的想法。

茉阿之所以無法無天，是因為無所畏懼，如果不怕輸，那當然也就沒有顧忌。

「從明天開始，就讓清荷教妳新的心法，妳日日練功，直到有必勝鳴雷的把握為止，我剛才已經說過，我鳳裡犧的徒兒與人切磋必勝。」

茉阿苦著臉。「是。」

「我允妳從後山出谷，以後妳每日一早，就去與鳴雷叫陣。」

「咦……」

說她打不贏，又要她去叫陣，那鳴雷出來，她豈不是要打輸？

茉阿雖然不馴，但對師父的訓示卻是無疑的，也深信自己沒有打勝的能耐，她是好勝的，如果師父說會打輸，當然現在她就不能去叫陣，要等有必勝的把握再去打。

「怎麼？」

「沒，沒什麼。」

「記住，不許打輸鳴雷。」

這這這這……

師父是怎麼回事，說她打不贏，又要她每日去叫鳴雷出來打，還不許打輸？

那要怎麼做才好？

第七章

「鳴雷，你出來！」

茉阿遵鳳裡犧師尊之命，每日到帝之下都，目的是找鳴雷叫陣。

「鳴雷，我來了，不要再龜縮，快點出來！」

現時已跟初時不同，誰都認得她是鳳裡犧尊上的弟子，茉阿進入這裡沒人阻攔，如入無人之地。

駐守的小仙都躲起來也不是沒道理，這仗打起來不太妙，鳴雷將軍也不見得想贏，誰去碰了這個「茉阿神君」，不就是自找倒楣嗎？

在她叫囂片刻之後，有一位侍女扭扭捏捏，面帶不情願地出來，緩緩地走到茉阿面前，臉上還羞答答地現著紅暈。

「茉阿神君，鳴雷將軍出巡不在。」

這位仙子她見過，茉阿還記得，就是上回鳴雷帶來喊易天老祖宗的鳳凰，聽了鳳凰侍女回稟，茉阿心裡鬆了口氣，膽子自然壯了不少。

龍王IV

「妳跟鳴雷說，不要以為龜縮在裡頭就可以省事。」她色厲內荏。

被茉阿直直看著，鳳凰仙子的臉紅似火，「神君，將軍真的不在。」

看著對方誠惶誠恐的樣子，茉阿毫無憐香惜玉之情，反而惺惺作態冷哼一聲，雙手一甩，轉身拂袖。

見茉阿氣沖沖地離開，鳳凰仙子悵然若失，眼中頓時盈滿淚水。

這裡的天女仙娥們不肯出來回話，也是因為愛慕俊秀的茉阿神君，平日想討好茉阿都來不及，誰還想為了這事惹怒神君？

雖說茉阿生氣並不是為了她們，但畢竟在她們面前一怒離開，因此……

她日日來這麼一回，令帝都佳人芳心碎滿地。

茉阿雖然裝得氣沖沖的樣子，但腳下可不敢停，她也不敢待得太久，這鳴雷要是真的出來，那就慘了。

茉阿原以為自己天不怕地不怕，這天地間無所畏懼，但現在卻有了害怕的事。

鳳裡犧交代她要一擊必中，照理說茉阿要有必勝的把握才能出手，但偏偏又讓她日日來叫陣。

要打不能輸，這件事對好勝的阿修羅很容易理解，但明知會輸還來叫陣，那她就是想不通了。

召來祥雲回去的途中，茉阿第一百三十六次想起這個難解的問題，仍然沒有答案，想得太專心還差點踩空掉下去……

「茉阿……」

眼前迎來的不是易地是誰？那七彩羽翼和拖長的尾翼十分囂張地招搖而來，讓她化成灰也認得。

他飛至她身邊即優美一個迴旋，瞬間幻化成一個英俊美少年落至她身邊，那姿勢之雅致，美妙令人心醉。

但對茉阿沒用，她見易地出現，臉就繃得死緊。

這人慢吞吞地飛來就是想害她吧？明明可以掐個訣或是駕朵祥雲趕來，偏偏要一路化成原身炫燿地飛來，這鳥類真的是一種極為虛榮的東西。

「我來救妳，妳還給我臉色看？」

聽見那救字，茉阿臉色更不好看。

但「救」這字說得也不能算錯。

既然不能跟鳴雷打，茉阿當然要想法子脫逃，所以每日叫陣之時，就先設想要怎麼脫身，結果就是……

鳴雷不在場則已，若他在場，也讓這仗打不起來。

因為易天、易地會突然出現，以緊急事件發生為由帶走茉阿。

這時間要掐得剛剛好，有一個閃失都不行，每回茉阿都心驚肉跳，回去之後更加精進學習，恨不得立即可以打敗鳴雷，不用再這樣閃閃躲躲。

而且要逼真不被人識破，也不能老是由易天、易地出場，所以茉阿還情商多人幫忙，這事有輕重，阿修羅公主的傲氣在師父的面子下也沒那麼重要了，為了找幫手，現在茉阿嘴可甜著，逢人就喊姊姊，任誰看了也不生氣，都覺得尊上新收的弟子是個萬人迷。

好在能有上神身分出去解救她的人也不多，不然茉阿也是累。

「易地，你居然遲了，幸好今天鳴雷外出，否則要是等你不來，我不就要糟了？」

易地自知理虧，也不跟她辯就認了錯，「是我的錯。只是出來時遇見清荷仙子，誤了時，不過妳吉人天相，沒事的。」

茉阿一怔，「清荷姑姑？」

那鐵定有事，清荷仙子是不與人閒聊打發時間的。

「她去尋妳時正好被我碰上了，託我轉告妳，尊上有事要找妳。」

「師尊找我？」茉阿心中忐忑。

阿修羅中以無法無天無所畏懼著稱的茉阿公主已經變了，現今的茉阿對她這師尊敬畏非常，雖然鳳裡犧並沒有對她疾言厲色，但效果卻比大阿修羅王氣得口中出火還有神效，讓茉阿言聽計從。

「我看妳今天就別在外面閒逛了，我們還是先回去？」易地這話是白說的，因為……

他話還沒說完，眼前茉阿早就一溜煙走了。

* * *

茉阿有很強的預感，這天地聚合、因果報應都有定數，就連神仙都要歷劫的，所以能有這種如神通般的能力，也多歸功於她惹禍惹多了，就像人夜路走多就是會遇鬼一樣，她身為阿修羅也不能避免。

但究竟是哪一條犯了，或是哪一個報應找來？因為茉阿也記不清自己犯了幾條，心裡也是抓不定。

但有備無患總是對的，認定這點，茉阿在去找鳳裡犧尊上時，就先去打聽打聽。

前方水濂的入口還沒關閉，但既然師尊給了她自由出入的權利，茉阿可以擇一回去，不過茉阿還是比較喜歡從後山進出，因為急著見到清荷姑姑，後山的路是近一點。

掐了法訣，她才衝進後山的仙障，還沒落地就發現一件奇怪的事。

咦？

這兒來了生人。

底下一個白衣神君正拿著一本書散步。

龍王IV

最近茉阿廣結善緣，這兒的人幾乎全都混熟了，就算叫不出名字，至少臉孔也是熟識的，但這麼做作的人，就是沒有看過。

書呢，就是要拿來看的，散步拿著又不看，那就純粹當作增添氣質的擺件或是配飾，這做作的程度，令茉阿一想就起雞皮疙瘩。

茉阿由天而降，在這種緊急情況，當然不是那種悠然自得的風采，而是匆匆忙忙地奔了下來，雲都還沒降下，她就從上一躍而下……

「啊啊啊——」

慘叫一聲。

底下溫文儒雅，風度翩翩的神君一名，見天上降下一名災星，一時竟忘了避，重重地被踩在腳下。

「失敬。」

茉阿低頭看著被踩著的那個白衣人，緩緩把自己的腳拿開，果不其然，腳印極為對稱，在這種慌忙的情況，連失腳踩下，都可以有這麼對稱的腳印，果然是只有她茉阿神君才辦得到。

也許師尊就是看上她這種資質才收她為徒。

第八章

「清荷姑姑，師尊又要罰我了？」

茉阿心想，自己明擺著去探口風，那是絕對沒有結果的，不如認錯，先坐實了自己的罪名，以清荷平日對自己的照顧，也許能先知道一些，好有準備也不一定。

只是要認錯，也要知道自己犯什麼錯比較方便。

茉阿實在是有點怕她的師尊，不然她平常一向就是有話直說，從來不說什麼好聽話，也沒必要用什麼心機。

況且以她的身分，也沒有必要逢迎拍馬，去說些好話來討好別人，經過時間淬鍊，有時話語從茉阿口中說出來就直白得嚇人，甚至有些毒舌了。

來到這兒，茉阿發現師尊的人馬更是厲害，不吐出半點刺人的字，就可以把人嚇得五體投地，心悅誠服。

清荷看她一眼，眼裡不帶笑意的，更讓茉阿冷汗涔涔。

龍王IV

「師父罰過妳了？」

「可不是……」茉阿突然噤聲片刻，似在思考，之後才又開始出聲，「認真想起來，沒怎麼罰。」

「那就是了。」

「可是……師父也不常找我去。」

「說得有理，目前除了指導妳練功之外，尊上是很少找妳。」

鳳裡犧是會指導茉阿練功，但大多都是由清荷督促。

「越想越毛啊……」她的心底直發毛。

「快點去，別讓尊上等妳。」

還有一件事……

「清荷姑姑，今天來了……」她本來想問是不是有客人，但又想要迂迴一點，急急地把話吞回肚子裡，「呃，我們這水濂每年開啟的時候，會有很多來客嗎？」

清荷瞟了她一眼，「這個時候妳想聊天？」

「姑姑……」茉阿平日是不擅撒嬌，偶爾來一次倒是挺管用。

「是，各方仙僚尊重我們的規矩，會特地選這個時候來。水濂雖然不是時時都開著，但尊上想要放誰進來就能放誰進來，也不是那麼食古不化，一成不變的。」

「那我們可以隨意放人進來？」

「這洞府合天地之造化，妳想放誰進來就放放看，沒有尊上親授法訣，任誰也無法進來。」

說法跟易天、易地他們一致。

「那麼難嗎？」

「這普天之下可就一個鳳裡犧尊上，她佈下的仙障若非她親解，誰也開不了，妳別想餿主意。」

茉阿悶了。「我找師父去。」

她原本想迂迴一下，但還是沒探出一個所以然，反倒認清一件可怕的事。

清荷姑姑話中之意真是太恐怖了，她說這洞府之中，就連進水濂都不容易，除非是鳳裡犧尊上特許，否則不論是誰也進不來。

那她今天誤踩的那個……想必也是師尊認得的人。

人家一來就踩他兩腳，她果然闖大禍了。

＊＊＊

茉阿預想闖禍的內容其實與鳳裡犧正遇到的不大相同，不過茉阿確是見微知著，這問題確實與她今天所見到的來客有關。

「天府見過尊上。」白衣少年正恭謹地向鳳裡犧一拜。

這少年其實是南極仙翁座下的天府星，這次被南極老人指示帶著命書來見鳳裡犧討公道，要個說法。

鳳裡犧吩咐賜座，待天府星坐下之後，才淡淡地問。

「天府星來訪定有要事。」

南極老人主管下世人類司命、司祿、延壽、益算、度厄、上生，而手下的天府星君正是他的得力助手。

「小神奉仙翁之令，想向尊上請教一事，並研擬解決之道。」

南極老人手下有六位得力助手，天府是其中一位。

但天府與鳳裡犧身分差距甚大，奉命要小心應答。

而南極老人只派個小神出來，也是對鳳裡犧表達他的不滿，此時天府聽鳳裡犧明知故問，更是心驚肉跳。

龍王IV

這話要怎麼說出？

茉阿一路垂頭喪氣來見鳳裡犧。不待通傳，就這麼失魂落魄地進入，沒來由覺得突然冷風一掃，心裡涼颼颼的。

她抬眼一看，裡頭那人不正是被她踩了兩腳的？

那一雙腳印在白衫上尤其清楚，以茉阿此刻的心情更是覺得觸目驚心。

這人怎麼不清乾淨印子再來見她師父呢？現在她一定慘了。

「這是我的徒弟茉阿。」鳳裡犧向茉阿一擺手，「這是南極仙翁座下的天府星君。」

「小神天府見過茉阿神君。」

這天府星雖自謙小神，但也是一個有權位的神君，而茉阿在他人眼裡的身分就是鳳裡犧的徒兒，雖然眾人敬稱茉阿一聲「神君」，充其量就是一位「閒神」，哪裡能跟天府星相比。

茉阿低下了頭。「茉阿冒犯天府星君……」她能低頭認錯也不容易，都是來這兒才學會的。

鳳裡犧疑惑地看了他們一眼，「怎麼了？」

「沒事沒事……」天府星倒也大度，替茉阿掩蓋了這次魯莽，「小神走路不小心，忘了看路，不留意就跟茉阿神君撞一塊兒了。」

茉阿心裡倒是領情的，對這個天府增添了一絲好感。

「師尊，徒兒晚點再來吧？」見鳳裡犧待客，茉阿打算告退。

「妳留下，這事與妳有關。」

這話說得讓茉阿和天府都驚愕。

茉阿看向天府，心想這人不會表面上裝寬容，事實上早就告過一輪狀了吧？

天府心裡則是想，這從頭到尾都還沒說到來意，怎麼就突然跳到結果來，而且尊上這麼崇高的身分，還為師不尊，打算賴到徒兒身上？

「茉阿，妳坐到師父身邊來。」

這廳裡寬大，雖然窗明几淨，但傢具本就不多，除了那個鏡池之外，就是幾張椅子和那張鳳裡犧用來捏泥人的桌子。

茉阿平常是坐在現在天府星君坐的位子，現在被叫去坐在師尊身邊，心裡有點慌，但也不得不遵，動作有些怯懦，就差沒有進一步退兩步。

待茉阿一坐下，天府等不及地起身一揖。「尊上，我們南斗註生，凡人生壽之事都由南斗管理，這事您也是清楚的，仙翁前日鑑查凡人命數，卻發現有兩個不在命書之上，不知尊上是否知悉此事？」

天府星會這樣說不是沒有理由的，這南斗註生，凡人有關壽元等命數都由南斗的南極仙翁主事，前陣子地府派小鬼來稟，突來了兩個案上無名的人，去北斗那兒查，又查不出個所以然來，只好任其再輪迴，又將事情往南斗的南極老人身上推，一時之間亂得不可開交。

南極老人想來想去，最後覺得就只剩下一個可能……鳳裡犧。

他可不是胡亂栽贓，這六合八荒之中，除了鳳裡犧尊上有能力塑人下凡之外，現在還有誰能有此神通？何況那凡間的兩人都是駑鈍無能之輩，不像是修了仙法跳脫生死才讓生死簿上找不到的能人。

「是我沒錯，你們猜得沒錯。」

她一會兒故作玄虛，一會兒又坦然認了，天府被她弄得又驚又疑。

「尊上，您已經多年未塑人下凡，仙翁要我帶著命書來見您，就是想知道這事怎麼處理。」

「那日我與徒兒塑人，一不留意就讓兩個泥人落到鏡池之內，本欲待手邊事情一了，就向仙翁請罪，不料你們卻比我動作快。」

這是在說他們多事找上門來嗎？

龍王IV

茉阿聽得冷汗涔涔，她早就覺得師尊塑泥人有些古怪，之前聽說那泥人可為凡人元神也是有些不信，如今一聽才知為真。

她預感闖禍真是太靈驗。

那兩個掉入鏡池的泥人，不就是那天她逞能用木鞭甩進鏡池的嗎？

這該怎麼收場才好？

「還請尊上您拿一個主意，好讓我回去跟仙翁交代。」

「不如就讓小徒隨天府星君你去收拾殘局？」

天府先是露出喜色，又面露猶豫。

「有什麼困難嗎？」

「小神奉命到龍宮送賀禮。」

「是龍敖登基大典嗎？」

「就是。」

「那就跟茉阿同去如何？龍敖登基是大事，我正巧也打算讓茉阿去送賀禮，你們正巧同路，之後可以同行。」

天府喜出望外，「如此甚好。」

「去龍宮不用那麼急，先在這裡休整幾日，等時候到了再出發。」

「但憑尊上差遣。」天府客套著。

鳳裡犧招來清荷送天府出去，留下她跟茉阿獨處。

茉阿在等，等著被訓，本以為師尊要開口罵她，卻還是等不到下文。

「師父……」她終於忍不住開口。

「妳知錯了？」

「是。」她低頭認錯，「請師父責罰。」

對於她肯誠心領罰這事也令鳳裡犧欣慰，這徒兒的心性有些長進，那日她自認也有錯，明知茉阿好勝，她卻沒有即時阻止她，以致那粗劣的泥人落下鏡池鑄下大錯。

這些日子她也在找解決方法，但想來想去，就是沒有萬全之策，畢竟在她面前塑泥人下池的是茉阿，而不是鳳裡犧，這事還非得茉阿才能解。

拖著拖著，人就找上門了。

「沒想到南極老人那麼快就派人找來，這事不能拖了。」

「師父，我該怎麼做？」

「你要找到那兩個泥人，再看看有什麼解決方法……」

茉阿是真慌張，「師父，我怎麼會想得出方法？」

「既然下了鏡池就是凡人，妳在天府身邊協助他替凡人造命，有他在，就能因時制宜地想法子，聽他的建議，再利用妳的聰明才智解決，切莫再動氣衝動行事。」

「徒兒怕做不好……」

「怎麼都要做好才行，我上回跟妳說的，妳還記得？」

她怎麼忘得掉？

「要打就不能輸，不可損了師父的名頭。」

鳳裡犧贊許地點頭，「妳想怎麼做都可以，但會輸的架不許打，要躲。」

「那我豈不是大部分的時候都在躲？」

鳳裡犧假裝沒聽到那句，「能忍得一時之氣，必定可成大器，妳出門在外，什麼都要小心。」

「是，師父。」

「龍宮那兒，我已經備好禮，妳代我送去，對方必待妳為上賓，不敢輕慢於妳。」

就是沾光。

不過，她可以見到龍敖了，茉阿才想到，就興奮得很，嘴角直往上翹，要不是在鳳裡犧面前，她就笑出聲了。

「妳還不會避水，這幾日要學習避水之法，要是再淹在水裡，這回丟臉就不是小事了，而且再找不到一個龍敖出來救妳。」

茉阿羞慚紅了臉，「師父……」

「妳那避水珠呢？」

「避水珠？」

「妳又不會避水，阿修羅王替妳求來避水珠一用，不是嗎？」

「沒有啊……」茉阿突然一怔，「莫非……」

掉的錦囊裝的就是避水珠。

自掉了那個之後，才溺水被龍敖救了，那也許就是師父所說的避水珠。

茉阿苦著臉，「師父，我好像把它弄不見了。」

鳳裡犧皺眉，「那避水珠是龍族稀奇的寶物，天龍一族也有一顆，龍敖原打算以那顆避水珠向鷹宮下聘，大阿修羅王為妳求來，妳卻隨手就丟了？」

「我不知道這麼貴重……」

「算了，這種至寶會擇主，有德之士才能擁有，我會在這幾日之內傳妳各式心法，切記不可荒廢。」

她懂了，就是出去也要練功，不可以懈怠的意思吧？

＊＊＊

茉阿把這事告訴易天時，總對她寬容的易天突然板起臉訓她。

「能得到尊上親自教誨是多少人求之不得，妳還有什麼怨言。」

茉阿不懂，「我是她徒弟，自然要教我的。」

易天搖頭，「若不是阿修羅王之女……」他突然停頓。

龍王IV

「怎麼了？」

易天喃喃自語，「尊上收妳為徒的唯一條件是要妳獨自出行拜師，於是大阿修羅王替妳從友好的毒龍族那裡求來避水珠，妳丟了避水珠就溺水……」

她發誓一定要把避水練好，將來可以來去自如，比那些水族還厲害。

「再說我溺水就滅你口……」

易天沒理她要滅口的威脅，正全心全意理順雜亂的思緒。

「龍敖救了妳，又帶妳來崑崙，碰到帝之下都的陸吾神鳴雷，又替妳擋了鳴雷一擊，又救了妳一次，這才知道妳要來拜師，送妳到尊上這裡……」

「你忘了說他真身化現成白龍的事了。」

茉阿一語如醍醐灌頂，易天臉色一變。

「這難道是……」

「你怎麼像是見鬼似的。」

「我知道為何龍敖會由赤龍變成白龍了。」

「切，連他本人都不知道，你會知道？」

「白色是利他慈悲為懷，無論喜好或善惡，龍敖救了妳不是嗎？」

「你很過分耶，我是大奸大惡嗎？他救了我就可以化現成白龍？你有沒有見過自己被打成豬頭的樣子？」

「茉阿，妳是阿修羅公主，天龍一族才剛跟羅睺王領兵的阿修羅大軍大戰，死傷無數，若他知道妳的身分是絕不會救妳的。」

「胡說。」她雖嚴詞否認，但心裡其實是沒有把握的。

「而他又替妳擋了嗚雷一擊……」

這說法是有道理，但茉阿實在不想接受。

但令易天震驚的不是只有龍敖原身化現成白龍這件事，而是……鳳裡犧助他之事。

龍王IV

易天細想，這關鍵應是在鳳裡犧決定收茉阿為徒就開始，鳳裡犧深知天道運行和善惡輪迴之理，卻又插手其間，令易天不得不驚駭萬分。

難道尊上知道若是茉阿出世，龍敖必與她相逢，因此藉著茉阿助龍敖化現？能夠算到一分不差，尊上的功力已經到了深不可測的駭人地步……

今後又會發生什麼事呢？

能那麼快就再見到龍敖，茉阿心裡是歡喜的，但龍敖既然能以救助茉阿而化現成功，可見他對阿修羅是深惡痛絕的。

易天心裡明白不能對茉阿提起這事，況且他也不想傷她的心。

「茉阿，妳何時要啟程？」

「師父教完心法之後吧！幾天會教完我就不知道了。」

她個性自負，不說幾天能學會，只說不知幾天會教完，果真從骨子裡就是一個好勝的阿修羅。

「好，我等妳，然後跟妳一起去。」

茉阿雖然天真浪漫，但卻不是蠢笨，聽了易天的說法，心裡有些不信，卻又覺得頗有道理。

龍敖是她的救命恩人，能救她命也是他的福氣，化現成白龍又如何，但偏偏要被他們套上這種說法，叫她怎麼能服氣？

她相信就算龍敖知道她是阿修羅，一樣不會有所改變的。

不如去問易地吧，只要有一絲可能，易地就會說好聽的話來哄她，這點茉阿倒是很有把握。

這時茉阿還沒發覺，為何龍敖對她的態度變得那麼重要，她一向是笑罵由人，自顧自己心情的，怎麼突然在意起這種事來了。

不過，易地的說法也令她失望了。

「這有什麼好疑惑的？他不是救了妳嗎？之前是我們想不通，現在一通百通，這也不是什麼難解的。」

「胡說。」

「茉阿，龍敖即將是天龍一族之主。天宮跟阿修羅是敵對關係，他不但救了妳，還護妳到西荒見到尊上，並助妳拜在尊上門下，這就是慈恩。」

「這……」

「妳也不是傻瓜，應該聽懂了吧？如果救助自己的敵人還不算是慈悲，那麼護送敵人去學藝，將來有可能會來對付自己，那還算不算是無私呢？」

茉阿沉默了。

「他又不知道。」

「做了就是做了，他一點也不知道，對妳也毫無所求，那就更好了，妳就成為助他修為和化現白龍的契機。」

「我不相信，我要去問他，等我們見到他時就可以當面問他。」

「萬萬不可。」易地驚駭地高聲喊。

「為何？」

易地的臉沉了下來，他從不對她疾言厲色的，每每由著她胡鬧。

「茉阿，我鄭重警告妳，絕不可以告訴龍敖妳的身分，尤其在龍宮裡，萬一龍敖想要殺妳，我們就算現出原身同時出現，也護不住妳。」

「他不會……」

他真的不會嗎？

當她收拾東西時，還在想這個問題。

阿修羅跟龍族也是友好的，只不過那個「龍族」是他們所說的毒龍族，光是名稱已有所貶抑，可見在他們心目中的想法。

茉阿小心地掀開被褥，那金光燦燦的蛋正好端端地躺在床上，她小心地將它放在懷裡護著，心裡湧起一股溫柔溫暖的感覺。

這一去也不知道要多久，萬一這小鳥兒在她出門時出來見人，不就讓別人撿了便宜，當了現成的娘，她絕對不吃這個虧。

鳥蛋她撿的，她就是娘。

＊＊＊

鳳裡犧在茉阿離開洞府之前教了她許多心法，師徒幾乎日夜相對。

「妳本非肉骨凡胎，資質極高，只是……」

她嘆口氣，沒把話說完，但茉阿也不敢問。

易天和易地想得沒錯，鳳裡犧算出了茉阿能助龍敖，又算出了她個性好勇鬥狠卻與龍敖有緣，所以之前只教她基本功，想用時間來砥礪她的心志，慢慢地磨她，可偏偏……

千算萬算就沒算出她在鳳裡犠的庇護之下還會惹禍，現在在功業未成之時就要出去歷練，這在其他師兄弟之間是完全沒有發生過的事。

以茉阿的身分和心性，這一出去必然生變，變數之多，連鳳裡犠也抓不準，也許到了最後才會有底，誰也不知會怎麼發展。

鳳裡犠還失算了一點，她太自負，以遠古天神之尊收了阿修羅公主為徒，本以為自身早超凡脫俗，可與茉阿保持距離，卻未算到自己仍然止不住關心愛護這最小的徒兒。

茉阿，成為鳳裡犠的責任和弱點。

事到如今，想到她之後會發生的危險，她也不禁有遺憾，她應該更早促她修煉，以對付詭譎險惡的風暴。

「茉阿，明日出去之後，萬萬不可貪玩荒廢了修煉。」

「是，師父。」

龍王IV

「妳心眼直，又好鬥，既然易天、易地願意跟妳一起去，為師也放心不少，凡事多聽他們意見，把事情辦好之後就回來。」

「是。」

送走茉阿，鳳裡犧暗自嘆息。

天有亂象，大禍即將臨頭，她不能置之度外，但身為阿修羅的茉阿能否不被牽連，又是用什麼立場參與其中？

第九章

龍宮不止是在海中有，天上也有，天龍一族屬善行龍王，在三十三天之上也有龍宮，但龍宮太子登基這事，還是要到北海去。

有易天、易地在身邊不怕迷路，就像隨身帶著一個可行走各地的過路牌，通行無阻。

現在茉阿知道易天、易地為何會成為三界六道之中人緣最佳的上神了。

人各有所好，各路神仙也不例外，見到喜歡浩然正氣的，就適合易天出來聊個幾句，要是碰見喜歡耍痞的，那易地出來周旋是再適合不過了，所以他們是左右逢源。

這也難怪少數知道他們是雙頭鳳凰的上神們都不把這祕密公諸於世，共命鳥的人緣之佳，連易天替易地擋下轟頂天雷那事，大家也就睜隻眼閉隻眼讓他們過了。

平常她是不聽易天和易地的，但師尊交代了，她行事就少不得這程序。

龍王IV

「易天，你覺得我經過這陣子辛勤修煉之後，是不是可以打得過鳴雷了？」

她自認突飛猛進，現在一定可以把那笨虎打得落花流水，雖然這白問的，但師父讓她什麼事都問問易天、易地的意見，也是要尊重師父一下。

易天一本正經地凝神看她片刻，似在仔細估量。

「有這麼困難嗎？」她瞪他。

「妳打得過清荷？」

她覺得額角有青筋浮現，「還打不過。」偏偏就說不出謊，不得不承認。

「那就再練練。」

突然，她覺得吐納不順，氣息稀薄。

「喜怒無常對修行無益。」他正色規勸。

「滾！」

天府遠遠地站在他們後方，同樣是駕雲，但他知道不可以離他們太近。

在他看來，這鳳裡犧尊上的徒兒是個喜怒形於色的淺薄神君，但沒想到易天上神更是離奇。

瞧，現在茉阿明明叫他滾了，他卻換上笑臉打哈哈，開始討好她。

天府這人呢，也沒什麼大志向，目前也只盼著能得仙翁賞識，有天可以固定職掌一宮，不要老是做個跑腿的小神。

另外，他知道將來遲早也要拚著修為換個上神來當當，如果幸運能度劫飛升，就算只是當個無職無權的閒散上神，他也心滿意足了。

他會這樣想，可見「上神」的地位在他心目中多麼崇高，但眼前的易天完全讓他幻想破滅。

就像個傻子一樣任茉阿罵，剛才被人趕了，現在居然又裝瘋賣傻，以為換了個名字改叫易地就能像換個人一樣，變臉變得可真快！

這普天之下，天地之間所有上神的臉都被他給丟光了吧？

龍王IV

想他南斗的天府星君身為一個高風亮節的神君，心裡當然也是知道眼前這瘋顛上神與茉阿兩人對上時要懂得退避，所以遠遠地跟在他們身後，不然夾在他們兩人之間，聽這兩個男人打情罵俏也是不自在。

「易地，你晚上……」

天哪天哪……他們討論起晚上的事了。

這光天化日，還有他人在場，也不知羞。

「……要吃什麼？」茉阿說完。

想到剛才一閃而過的香豔情形，天府臉紅了紅。

切！連吃什麼都要問？

易地回答，「晚上就到了龍宮，我們是客，自然不好太多要求，看他們備什麼，我們就用什麼。」

「如果太差我可不吃的。」茉阿沒那麼隨和，「最好是有蓮食。」

「客隨主便，客隨主便。」易地難得告誡她。

「不可能。」她轉念想了想，「龍敖會幫我想法子。」

「他現在忙吧？」

龍敖？

在後方偷聽的天府不以為然，這即將登基的東宮，茉阿以為自己是什麼身分，居然要太子去找蓮食服侍？

切，難道這茉阿就是傳說中的花蝴蝶人物，連龍宮太子也想要染指。

「易地，你說……我拚得過龍敖嗎？」

一旁偷聽的天府又暗暗搖頭，這明明就是碗裡挾著一塊，眼睛還看著另一塊，這種問法不就傷了上神的心嗎？

易地聞言大驚，「茉阿，妳該不會想去跟龍敖打上一場拚個勝負吧？他沒有惹妳啊！而且他還是妳的救命恩人。」

龍王IV

「話是這樣說沒錯，雖然吃點水也不會死，不過也是麻煩，但既然去了，打上一架拚個勝負也是順便。」

原來是真要打啊！

偷聽的天府再度為剛才活潑有想像力的畫面臉龐發熱。

但心底還是開罵了：這人是去道賀還是去找碴的？

明擺著去道賀，內心卻存著爭強好勝的心，又想要吃人家一頓好的，實在是讓天府不能苟同。

何況這龍敖名滿天下，率軍大敗阿修羅不說，人品之高潔，一直深受愛戴，也是天府心中很仰慕的一位。

不過他倒也想聽聽眼前這大神會有什麼說法，剛才在言語上才吃了虧，嘻皮笑臉地再繞回來，現在難不成要說謊討好這小毛頭？

「這……」果然易地對這句話的答案就斟酌再三，「這……」

「有這麼難答嗎？」

易地笑了，「我對妳的能耐還算知一二，可以猜得出來，跟龍敖就沒有太大的交往，但……」

這是天大的謊話，這龍敖威鎮上界，誰人不知，誰人不曉，用這種話來推託，又讓天府對「男男之愛」有了更深一層的見識。

「但我看他是個能打的……」

天府暗哼一聲，這上神總算說了一句公道話。

「他當然能打，當日替我頂下鳴雷一擊。」

茉阿這話一出，油滑的易地立即說，「既然龍敖能替妳頂下鳴雷一擊，想必妳擊敗鳴雷之時，就能與之一爭高下。」

這話說得可夠婉轉了，但有腦袋的人都聽得出語意。

「易地，你是說我打不過龍敖。」

茉阿沒有發覺，雖然同樣是說她打不過，但被龍敖勝過不但沒有讓她心生嗔恨，反而有種喜孜孜的高興感覺。

「就算現在打不過，將來卻未必。」

這句在天府耳中噁心至極猶如奉承拍馬屁的結論，卻是易地真心的評論。

阿修羅天生能戰好戰，茉阿原本就天賦異稟，如今又得拜明師，若是有心，假以時日，別說是打過一個龍敖，就連十個也打得過。

茉阿聽了易地的話，心裡很是舒坦，露出笑容，「說得好，我看以後就別讓易天出來了，動不動惹人生氣。」

易地哈哈大笑。

「我也不急著打龍敖，先讓他勝一陣子也無妨，既然對我有恩，我不必那麼快打敗他。」茉阿揚著嬌翹的下巴，一本正經地說。

天府冷哼不斷。

＊＊＊

到北海的時間不久，但許多神仙要花很長的時間才能到達，由於這件天大的喜事，各路神仙全都聚集北海，但因地位或品階大小，路上禮讓來禮讓去，最後就有一種有趣的情形。

先出門的人不一定先到。

因著帶了易天、易地出門的好處，他們一行三個半大小神仙很快就到了北海。

碧空如洗，遠處看來與海融成一氣，毫無界線。

茉阿與易地同站在雲頭上，雙手比劃了一下，掐了個法訣就直直往前衝去，當融入海中之時，原先茉阿還有些忐忑，轉眼進入水霧之中，穿過一片海水卻仍然與陸上無異。

果然師父就是師父，不過小小指點數次，就勝過她降生之後的修煉。

茉阿深居阿修羅王城宮內，龍宮當然是沒來過，但如雷貫耳，聽得不少。

「這兒怎麼跟我聽到的不太一樣？」她問易地。

「有什麼不一樣？」天府四顧，「這龍宮由七彩瑠璃建成，光線之下晶瑩剔透，美不勝收，是比鳳裡犧尊上那兒華美許多。」

天府這話是譏刺茉阿沒見過世面，想她一向好勝，一定會大發雷霆，等了許久，卻沒見她生氣，一時覺得奇怪……

茉阿怎會不生氣，她其實是聽不懂，因為完全沒想到那兒去。

華麗過頭的她見過，任誰見過羅睺王的皇宮，以後看到什麼也都麻木了，而之後鳳裡犧安排給茉阿住的極簡，更是讓她見識過極端的兩頭，使得原本審美觀就很異常的她，更是異於常人了。

到了龍宮，撤了訣，跟諸位神仙一樣，奉上禮物，被迎進大廳。這金石堂階、珠玉晶瑩是很華貴，但經過羅睺王那金燦燦的刺激之後，也變得很一般了。

易地倒是很清楚茉阿問的是什麼。「天龍一族沒有火沙飛石，烈焰四襲，但我想龍宮無論在哪兒都是美輪美奐。」

阿修羅交好的龍族是毒龍族，所以茉阿聽說的龍宮不相同也不奇怪。

職司賀客招待的龍宮小神上前，「茉阿神君，太子交代小神先來迎客，諸位先隨我進偏殿，遠來是客，請多留幾日。」

「龍敖呢？」

天府只覺得面上無光，這茉阿說話就像一個沒禮貌的小鬼，令同行的他覺得丟人，幾乎是痛不欲生。

小神一揖，「殿下隨後就到。」

易地按住茉阿，「今天這種日子，他要先忙一陣才能過來，妳耐心等待。」

龍王IV

茉阿疑惑，「是嗎？」

「當然。」

茉阿點頭，心知易地雖然油滑，但沒必要替龍敖找理由，而且她光想到一會兒就能再見龍敖，就覺得心喜，沒有什麼怨言，願意等待。

這對茉阿來說是很難得的，畢竟以她的身分，不論去到哪兒，主人都是以她為尊，先招待她，沒有把她晾在一旁的道理，她學不會等待也是尋常。

小神領他們進入鄰近東宮的偏殿，並將他們的住處安排在鄰近，宮殿不大但擺設精美，三人還有共用的花廳可以議事，出入也方便，因為龍敖將茉阿視為男性，因此沒有將茉阿等三人分開，一同分在偏殿的同一宮裡。

第十章

當天府星君真看見一整桌的蓮食之後，震驚得不知該怎麼反應才好。

殿下居然真的聽人使喚？

不，這分別是記在心上，不用使喚就已經辦好了。

看來這茉阿神君的媚功不可小覷。

他們住在偏殿，又在同一個院落，更甚者還用同一廳，用餐時自然在一起。

茉阿一眼見到廳裡擺著那一長串精美的蓮食，饞得也顧不得先進房裡，就坐下來開吃。

「喂喂喂，妳也吃慢點，別噎著了。」易地伸手擋著，「給人看了還以為尊上沒有東西給徒弟吃。」

茉阿抬起頭看易地，臉上綻出一個天真的笑容，差點令天府和易地看癡了。

「怎麼會沒吃的，可是就沒有我想吃的，又不敢跟師父和清荷姑姑抱怨。」

「抱怨也沒有用吧？尊上是不會任由徒弟任性挑食的。」易地一語道破。

龍王Ⅳ

天府看她那吃相，怕自己慢點就沒得吃了，也急忙坐下拿起筷子來，龍宮待客殷勤，除了茉阿愛吃的蓮食之外，還有許多美味佳餚，令他食指大動，口水直流，食慾大開。

但吃了幾口之後發現，茉阿真是挑食得很。「你都不吃別的啊？」

「別的給你吃。」

天府聽出茉阿言下之意，敢情就是別碰他愛吃的菜。

茉阿吃了一碗，覺得腰帶有點緊了，於是站起來寬寬衣裳……

易地看了搖頭，「妳這樣實在不像個……」

易地及時把「女孩子」三個字吞進腹中。

茉阿朝易地笑笑，然後攏攏衣服，發現天府正盯著她胸前看，於是把她懷中的蛋拿出來放在桌上，小心地擺好，她正打算繼續吃……

「這……」

天府手中的筷子失手落下，他驚駭地站起來，「那……那該不會是……」

易地無奈，「沒錯，你見識廣，想得沒錯。」

他之前已經勸過茉阿別帶了，但是……講不聽。

「我可以跟你們分道揚鑣嗎？」

易地搖頭。「太晚了。」

「不……」

「我們一起進來，還被分在同一個院落，之後你還要跟茉阿一起走……」

「天哪……」天府絕望了。

「喊天也沒用的。」易地完全瞭解他的心情。

「你們帶金翅鳥來，完全不像是祝賀，根本是來挑釁的。」

茉阿嘴裡一騰出空間，就解釋，「它還不是金翅鳥。」

「不是金翅鳥是什麼？」

龍王 IV

「蛋。」

天府快昏厥過去。

易地安慰他，「你就祈求上天別讓它在龍宮生出來吧。」

聽到這說法，天府臉色刷地一下慘白。「不……」

茉阿正想開口回答，卻被易地不幸言中……

噎住了，又嗆又咳地，一張小臉漲得通紅。

「我……呃……咳咳咳……」

「別急，慢慢吃，我備了很多……」一個聲音溫柔地響起。

隨著聲音，茉阿身邊出現了一個穿著華麗的俊美男子，一頭如銀似雪的長髮閃亮地披在身後，尾端還帶著水氣，似剛梳洗過。

想必他忙著來見故人，易地心想，沒想到茉阿在龍敖心中還有些份量。

「龍……咳咳咳……」

茉阿還在咳，易地正打算上前替她順順氣，但龍敖已經先他一步……

「喝點水……」龍敖將水杯湊到她嘴邊讓她啜著水，「怎麼拜了鳳裡犧尊上為師還這麼莽撞？」

天府目瞪口呆地看著龍敖拍著茉阿的背，替她順氣。

「不是莽撞，我是肚子餓了。」

易地有些黯然地坐回去，「自鷹宮一別，殿下風采依舊。」

「上神也是神采飛揚，仙姿令人嚮往。」

天府聽這些對話，更加確認這三人都有同一種傾向，他遠來是客，這時有點開始為自己的「屁股」和「貞操」擔心。

他又想要換住處了，但這次是為了另一種原因。

不知道此時提出要換住處會不會太失禮？

易地不動聲色地看著龍敖那銀得閃亮的長髮，明顯得一眼就可以看到，且完

龍王IV

全不容忽視的樣子，身為龍宮第一位化現的白龍，上界卻還沒有聽到傳言，他在心裡推演著可能的原因。

這仙界同僚與世無爭，卻都有一顆愛聽八卦的心啊……

「我還是比較習慣紅的。」茉阿嘴裡還有東西，口齒不清地說。

龍敖掐個訣，將自己的髮色改色。

天府這才反應過來，「這這這……這這這……殿下你的頭髮……」

龍敖臉紅了紅，「它要自己變白，我也沒有法子。」

「這可是了不起的大事……」

「煩請天府星君先不要往回報好嗎？」

天府連連點頭。

這殿下將來會是天帝的繼任人選，他們南斗管的是下界的人壽，不管神仙的事，沒有必要得罪他。

他一低頭，就看到桌上那金光燦燦的鳥蛋。

天府臉色本就發白，見到龍敖變成白龍之後因興奮微微泛紅，現在瞥見那鳥蛋之後又迅速轉青。

「這南斗變臉的功夫可真是強啊……」易地讚歎。

「說笑說笑……」他漸漸往易地那兒移去，「我們南斗哪來的變臉功夫？」

他往易地那兒去是有理由的，那曖昧三人組站得很近，而金翅鳥蛋正好在易地不遠的桌上，如果天府做得恰當，就可以在眾人不察之時，把那蛋神不知鬼不覺地移走。

這樣就能預防龍敖看到大怒，把他們逐出龍宮也就算了，要是打得半死不活損了南斗南極仙翁的面子，那天府想要在仙翁面前抬頭挺胸就不成了，還想升什麼品階？

茉阿雖然看起來精瘦，但是食量很大，至少看食量完全想不出來和「女性」

龍王IV

有什麼聯結。

「要不要再拿一些來？」龍敖建議。

「不用了，我吃得差不多了。」她想吃的也都掃得差不多了。

易地倒是慢條斯理地吃著，算是優雅派的。

龍敖取笑茉阿的吃相，「我怎麼就沒聽說在鳳裡犧尊上那兒教習大食怪的？」

「什麼意思？」

茉阿瞪他一眼，「你取笑我是妖精？」

「不對。」易地從旁解釋，「他取笑妳食量大。」

趁著他們聊天，天府小心翼翼地拖著身子，又心痛地將自己外袍提起，然後蓋住菜旁邊那顆鳥蛋……

可憐他的袍子，全被菜湯給污了。

天府一邊心疼他的衣服，一邊拖拉，要把那顆蛋拉過來。

可惡，衣服拖過那些杯盤不住地發出聲音……

「哈哈哈哈……」那三人又發出一陣笑聲。

還好，沒人發現。

只要桌上一發出聲音，天府就緊張地往那邊看，臉上還要裝出若無其事的表情，但已經嚇得兩腿發軟。

「我有食量大嗎？」茉阿摸摸肚子，「東西好吃我才吃的。」

說完她還打了個嗝。

龍敖豪笑地說，「吃，就是要讓你吃個痛快。」

「吃吧！殿下吃不垮的。」易地無奈。

「既然你們這樣說，那我還可以再吃一點。」

天哪，這是什麼食量？

龍王IV

還差一點，快點……

眼看就要到了，天府放心了，他再輕輕地將包著金翅鳥蛋的衣服往回捲，好不容易捲到了自己身邊，他幽幽地吐出一口氣。

這也不過才一點時間就讓他嚇得冷汗直冒。

最後，他小心翼翼地將鳥蛋包在懷裡，而後再往旁邊移去……

龍敖舉起手，「請問……」

茉阿和易地都將視線放在龍敖身上。

「你帶那顆蛋要去哪裡？」

天府手一鬆，懷中的蛋掉在地上，滾了好遠。

茉阿尖叫。

「我的蛋……」

天府像見鬼一樣瞪著龍敖，「你……」

「怎麼了？」

「你什麼時候看到我去拿那個蛋的？」

「一開始你走過來的時候。」

「……」

茉阿衝過來，蹲下去捧起金翅鳥蛋，偏偏天府抬起腳來，不偏不倚地往前又伸上前去，正巧又踢中那顆蛋，那金翅鳥蛋凌空飛起，眼看著它被丟高，又落下……

「快救我的蛋——」茉阿尖叫。

說時遲那時快，如閃電般的頎長身影隨著茉阿的尖叫聲移到前面，那人仍帶著沐浴過的清香，穩穩地接住那顆蛋，拯救了它的命運。

天府瞠目結舌，他怎麼也無法相信，那個讓金翅鳥蛋得免變成蛋花的人，居然是金翅鳥的死敵——龍族的太子殿下！

龍王IV

當龍敖將手中的金翅鳥蛋交給茉阿時，表情無奈，「我實在想不出來為何要這麼做的原因？」

「你怎麼忍心看我的兒子變成蛋花？」

「你不可能生出蛋，你的兒子就不可能變成蛋花。」龍敖鄭重地強調這一點。

茉阿低頭仔細檢查那顆蛋，突然大叫一聲。

「又怎麼了？」

「它、裂、了。」她把蛋放在一邊，憤怒地抓住天府君，「你毀了我的蛋，你償命來……」茉阿的表情不是開玩笑，就是要找人拚命。

龍敖又擋在前面，「不要激動，這不關他的事。」

「我的蛋明明就破了！」

天府硬撐著，「這話極為離奇，這金翅鳥蛋……一來不是你生的，再來只是有個裂紋，沒什麼大損傷，你別像瘋狗一樣咬過來。」

茉阿才不理，天府所說全被她當成強辯，以她的功力，若是發狂要拚命，就算龍敖和易地同時攔也攔不住。

龍敖和易地對視交換眼神，極有默契地一人往天府星君處，一人往茉阿那裡，龍敖攔住天府星君，又擋在茉阿之前。

易地化為原身，一爪撈起那顆金翅鳥蛋，一爪拎起盛怒中的茉阿神君，鳳凰展翅迎空，迅速地帶著茉阿飛向後面的院落之中。

易天、易地不常同時醒著，但此時用真身見她，四隻眼睛都亮晶晶地看著她，冷冰冰地帶著怒氣。

「妳腦子裝草啊？居然跟南斗的神仙在龍宮打起來？」他們異口同聲地罵。

共命鳥會同時發火也是異象。

這共命鳥一向就是同命不同心，會同時說出一模一樣的話，可能萬年都不會

龍王IV

有一次，此乃奇景。

「我的蛋呢？」

易天、易地爪子一放，那蛋就咕嚕嚕滾了好遠。

「你再摔破它，我……」

「妳也要跟我拚命？」萬年難見的異口同聲又出現了一次。

她衝上前撿起那蛋。

「金翅鳥的蛋沒那麼容易破的，如果會破，當時就不可能被妳撿到了。」

「真的？」她心疼地看著上頭的裂痕。

易天、易地再一展翅，爪子一伸就抓過那顆蛋，飛得高高再將那蛋砸下來。

「別……」茉阿驚叫。

但茉阿的速度怎麼及得了共命鳥快？

易天、易地一個迴旋再飛回來，一爪就伸向那在地上滾的蛋。

「你們想要弄死它不成？」

易天、易地把蛋放在地上，完好如初，瞬間化為人形，就立在金翅鳥蛋旁邊。

「弄死它那麼容易，那就不是大鵬金翅鳥了。」

「它有裂痕。」

它有裂痕是不假，眼看著這個裂痕越來越長、越來越長……

叭嗒一聲，那裂口破了一塊，卻還晃蕩地掛在旁邊。

茉阿慘叫一聲，「你們殺了它，我跟你們沒完！這……這……」

她會驚愕到口吃的地步，不是因為金翅鳥蛋毀了，而是她千盼萬盼，終於盼到這天來了。

只見一個小小的尖角，從破口中慢慢啄了出來，緊接著一個淡褐色濕淋淋的小臉，張著大大的眼睛……

雖然易天、易地是化為人形，但別人看不出來他們的原身，金翅鳥可不會看不出，奮力一拍，那被他啄碎得只剩下膜的蛋殼就碎成一片，可愛的小金翅鳥站得穩，又倒在一邊。

茉阿已經完全傻住了。

只見那毛還沒乾的雛鳥拍著濕濕的翅膀就直往共命鳥那兒去，走得歪七扭八的，最後停在共命鳥面前，拍拍他的小翅膀，嘴裡吱呱叫著。

茉阿心碎了。

她的雛鳥，他應該一睜眼就看到她的，不然也應該朝著她走。

「小雞，那是把你摔得七葷八素的仇人啊……」

大鵬金翅鳥聽到這名字，回頭瞟她一眼，似乎不悅。

這哪能怪她啊！現在這分明就是一隻小雞，叫「大鵬」不是很奇怪嗎？

院裡仙風徐徐，「小雞」身上的絨毛漸漸被吹乾，亮閃閃得像發著金光，茉阿羨慕地上前想摸摸……

「小心……」

隨聲而來的是一陣和風，茉阿被風勢帶了一圈，只覺得一隻有力的臂膀接住她，將她帶離金翅鳥身邊。

「金翅鳥的喙一出生就堅硬無比，妳小心被他啄了。」

「我是他的娘，他不會啄我的。」

龍敖搖頭，「你不是他娘，他才是。」

龍敖指著易天、易地，這再明顯不過了，那雛鳥一直朝著共命鳥撲去，一副撒嬌的樣子。

茉阿大怒，「易天、易地，你們搶了我兒子……」

「冤枉啊，我們兩個大男人才不想當別人的娘。」

隨後進來的天府星君聽見他們嘈雜的聲音中有吱吱喳喳的聲音，臉色大變。

龍王IV

這這這……最不想發生的事情終於發生了。

這可怕的大鵬金翅鳥在龍宮出生了。

大鵬金翅鳥也是天龍八部之一，以龍為食，就是龍族最最最大的仇人，而且不止是仇人，還是「天敵」。

雖說大鵬金翅鳥不能拿「天龍」一族如何，也傷害不了天龍一族，但是出現在龍宮就是給龍族難看。

他們披著貴客的外衣，卻帶著龍族的敵人，又在這個新王登基的大典之時，這對龍族無異是一大侮辱，天府想得冷汗涔涔。

「怎……怎麼辦？」他的聲音有些抖。

龍敖打量著那隻大鵬金翅雛鳥，他身為天龍一族之主，不會不知道在這個時候不能被人發現有大鵬金翅鳥在這兒。

「你們先進屋裡，將這……」龍敖實在不想講出這東西的名字。

這個種族就是他們同類的天敵，要他不放心上實在不可能。

易天、易地彎腰拾起那小雛鳥放在手上，狀極可愛。

「金翅鳥一出生就長得極快，你們要盡快出龍宮，不然被發現的話……後果不堪設想。」龍敖交代。

茉阿這時有了危機感，看龍敖這麼慎重的表情，莫非這裡真的會對她的「小雞」不利。

「他們想對我的小雞怎樣？」她問。

龍敖沒有回答她。

易天、易地苦笑，「應該會想趁小……斬草除根。」

茉阿臉色慘變。

她帶金翅鳥蛋原本是怕雛鳥認了別人為娘，茉阿不甘心，但帶來這裡，一樣認了別人，又讓雛鳥陷入危險，她真的後悔了。

龍王IV

龍敖見茉阿面帶憂思，拍了拍她的肩，「我來安排。」

「你不是要……」他是即將登基的太子殿下，她怎麼能要他幫忙。

登基大典的主角要怎麼幫忙？

「你們不能觀禮了，明日聽我指示，我會派青龍領你們出龍宮，諸位請靜候，伺機而動。」

第十一章

茉阿惆悵，才與龍敖見面不久，還無法相敘，就要與他分開。那心中抽痛酸楚之感，卻是她平生初見，她雖然不是情場老手，但對自己情絲深繫龍敖，已經有些許概念。

才不過見了一面，又要分離，她這初初萌發的春情，真是非常坎坷，茉阿看了自己一身，覺得連小手也沒摸上一回，實在是極為窩囊可憐。

不如趁著月夜風高，她就夜探香閨，將龍敖探入懷中，為兩人成其好事。這「小雞」認了共命鳥，現在自有易天、易地照顧，她離開一會兒無妨。

照茉阿想，這日夜纏綿其實也沒什麼大不了。

想她羅睺兄長不是憑空幻現出四大美妃，終日玩樂，她雖然沒有親眼看見，但也大概知道是怎麼回事。

男女溫存她不是不知道是什麼情況，這阿修羅王們可以玩樂，阿修羅公主當然也可以。

龍王IV

只是話是這麼說，實際上要怎麼去實踐，她還是沒什麼腹案。

不論怎麼說，男女的構造總是不太相同，天地陰陽有別，總要他心甘情願，不然她操作起來也不容易。

畢竟她現在是個男身，而且她功力尚淺，在這龍宮之中，想要把四大阿修羅王封起來的女身變出來，實在是難上加難，不如……

她把龍敖變成陰，如今她變幻成陽，然後就這麼「強」了他。

既然成其好事，以後龍敖便是她的人，要怎麼樣都只好隨她，婦唱夫隨了，這龍宮的東宮殿下，甚至將成為的龍宮陛下，都將煙消雲散，只留下阿修羅芬陀利華茉阿公主的英偉駙馬。

她想來想去，都只有這個方法最妥當。

本來應該好好地蒐集一些資料研究看看，她對陰陽變化、男變女的法術還不太靈光，但機會難得，也只好硬著頭皮做了。

她跟龍敖也不是日日得以相見，好不容易逮到了時間，自然要把握機會上下其手，她也只好在準備不充分的狀況下就上場，否則喪失機會再來後悔，也是得不償失。

茉阿探到東宮淩風殿，剛才她探知龍敖仍住在這裡，裡頭戒備森嚴——個鬼！

這龍宮的守備鬆散，她輕鬆地得以進去。

跳過幾個院落，嗅著熟悉的味道，不一會兒，她就找到了龍敖。

很遺憾，他不在床上。

他站在七寶樹下，面露笑容地伸手迎著她。

「茉阿兄弟，那麼晚了，怎麼還有興致出來？」

她原先想做的事就是趁月黑風高、趁他之危，這……讓誠實的她怎麼說得出口。

龍王IV

他伸手迎她至樹下的玉桌之前坐下，親手替她斟上一杯。

茉阿看了那桌面，心想有酒助性，不錯，但這玉桌如果是玉床，那豈不是更應情應景一些。

雖然她心中都是這些想法，但是龍敖直視她眼中的目光卻是清明，直在她心頭澆上一盆涼水。

「茉阿敬龍敖大哥一杯，先乾為敬。」她也沒有多想，仰頭就喝掉那杯酒，只覺得要下手也得等到龍敖神智不清才好下手。

沒錯，酒是好手段。

阿修羅的酒難喝，像她羅睺兄長就忿然立誓不再飲酒，不過茉阿自從離了阿修羅道卻幾次喝了香甜的果釀，尤其是清荷姑姑所釀，不負仙釀之名。

她舔舔唇，心裡暗讚這龍宮的酒也是香甜可口，她自認有好酒量，有能耐把龍敖灌醉，趁著酒後亂性，成其好事。

隨著時間過去，茉阿心裡越發焦躁，這龍敖難道千杯不醉嗎？

她要是跟著他一直喝，會不會喝到時辰漸至，無功而返？

她也是個有急智的，心裡有了主意，連喝個幾杯，就裝成醉眼迷離，趴在桌上醉倒了，嘴裡仍胡說醉話，「喝……大哥，我們再喝……」

「都醉倒了，還讓你再喝？」

她醉眼迷離，「我們共榻再敘……」

他臉上帶著一抹笑意，扶著茉阿起來。「好好，你先起來，外頭涼，去裡頭睡。」

喔呵呵呵～～～沒想到這麼簡單。

果然如她所料，得以光明正大進駐他的「香閨」，茉阿只在心裡呵呵笑了出聲，臉上身上卻不敢有什麼動作。

龍敖想了想，這是他住在東宮的最後一個晚上，要再去別處，他也覺得不

龍王IV

妥，合算著再沒多久時辰就到了，也沒有必要再尋住處，不如就跟這隻小醉貓窩個一晚，明天派青龍送他們出龍宮。

他淨了手臉，自行寬衣，而後將輕紗蓋在室內照明的夜明珠之上。裝睡的茉阿自覺軟榻有些振動，心喜地發現龍敖真的睡在她的身邊。

再等一會兒……

她有耐性，等他睡著好下手。

待覺得身邊之人氣息勻稱，差不多熟睡時……

茉阿悄悄地坐起身來，手掐個法訣，指著龍敖眉心，持法咒唸唸有詞。

「我變……我變……」

龍目一張，「茉阿兄弟，你在做什麼？」

茉阿嚇得倒彈至背靠床壁，「你……沒睡？」

「睡了，但被你嗡嗡叫吵醒了。」

他仍然看著她施訣的手。

「龍敖大哥風姿卓絕，美麗依舊。」

「用美麗這字形容我……倒是頭一回聽見。」

「我想施訣將大哥您變成女人，看看是不是一樣艷冠群芳，令人垂涎。」

「……」

茉阿咧開口笑，怎麼偏偏一見了他，她的腦筋就不太靈光。

「茉阿，要是你變不回來，那我該如何？」

「我就娶了大哥這個美嬌娥。」

「……」

＊＊＊

龍王 IV

茉阿垂頭喪氣地被趕回來時，共命鳥仍在偏殿的院落廳裡喝茶，而天府星君早就歇下了。

八成是怕人家看到他跟金翅鳥一道，連在同一個院落中也要撇清關係。

此時那個嚇死天府星君的大鵬金翅鳥正在地上走來走去，不時還撲著翅，揚起一小片灰塵。

「才過沒多久，小雞長這麼大了？」茉阿嚇了一跳。

「今天龍敖不是跟妳說了嗎？金翅鳥一出生就長很快，我們要儘快離開龍宮，不然後果不堪設想，妳以為他是在開玩笑？」

茉阿發愁了。

「難得妳也知道錯了。」

「我哪裡錯？」

「不然妳皺什麼眉頭。」

「誤會誤會……」茉阿扶著額，實在想不通為何易天會有這種誤解，「我在想，這小雞一直長大怎麼得了，師尊的洞府裝得下他嗎？」

「等再大一些，他就可以幻化人身了，妳不必擔心這問題。」

那小金翅鳥從左邊撲過來，又從右邊撲過去，非常歡樂。

「精神可真好。」茉阿走到易天面前坐下，倒了杯水。

「一身酒味。」易天嫌棄地說。

喝完酒覺得特別口喝，於是她一口飲盡，再喝一杯。

她可沒有那麼容易挫敗，總之……

一戰不成，再接再厲。

時間多得是，再找機會就是了。

第十二章

仙樂飄飄，龍女奏樂，眾人聽得如癡如醉。

龍宮待客很殷勤，一早，他們一行就被請來這兒，殿中有清悅的音樂和風雅的神仙交談，舒人身心。

易天尋了個座位坐下，閉眼傾聽，「妳覺得如何？」

「一般。」

她也沒說錯，這水準在阿修羅來說，評個「一般」還算是抬舉了她們。

易天譴責地看她一眼，「過得去了。」

「你要是想聽，我可以上去專為你奏一曲。」

他低聲，「妳可別技癢，到時妳的小雞被發現，得不償失。」

茉阿頓了頓，想想也是，就作罷。

易天看了她一眼，心裡還是有些驚訝的。

想她阿修羅茉阿公主是何時顧慮過？但不過這短短的時間，她學會隱忍，鳳裡犧尊上果然厲害，懂得因材施教，而且成效顯著。

「易天，你把我的小雞藏好，要是被人發現，小心我閹了你。」

她咬牙切齒，聲音是大了點，幾個神仙從他們身邊經過，聽到她的話，不住地回頭來回看著茉阿和易天兩人，好像聽見什麼八卦似的，回頭嘰嘰喳喳地聊了起來。

「茉阿，我這千萬年上神的尊嚴都被妳毀了。」

「沒錯，你好歹是個上神，可以護住我的小雞，不然對我一點用處也沒有。」

茉阿說得很是直白，那大鵬金翅鳥長得真快，一個晚上就長得像隻狗一樣大了，想要揣進懷裡是絕不可能，若不是易天、易地有兩位上神的法力，可能還施不了這種障眼法，將他護在懷中。

但旁人可聽不懂她在說什麼，平日就拘謹的易天這會兒臉色漲紅，十分尷尬。

「易天……」她小心翼翼地靠過去，「龍敖什麼時候派人來？那小雞再長大下去，那就不得了了。」

易天抱頭，「天哪……不要再說了。」

天府站起來，遠遠地移到別桌坐下，不與他們同流。

「茉阿，幾日不見，你神采奕奕，不減當日。」

茉阿抬起頭來，來人正是青龍神。

「龍箕，我精神好是一定的，但你怎麼看起來精神不濟？好像沒睡醒似的？」

「我是沒睡醒。」

沒睡要怎麼醒？

龍箕苦著臉，他從昨天就被殿下叫去安排他們出宮的事，一直到現在都沒時間休息，他精神不好還不就是被茉阿害的嗎？還被取笑，典型的得了便宜還賣乖。

「東西都帶了嗎？」

「啊？」

龍箕低聲在茉阿耳畔說，「殿下派我來的。」

「喔……」茉阿恍然大悟，「帶了帶了，隨時都可以走。」

「噓……」龍箕要她噤聲，「你們跟我來，臉上裝成若無其事的樣子。」

天府和茉阿一個走前，一個走後，中間走的是護著大鵬金翅鳥的易天，就這麼亦步亦趨地隨著龍箕走出廳，進入大殿。

吉時未至，大典還有一段時間才要開始，賀客之多如山似海，他們隨著青龍水神穿過大殿，茉阿雖然認得的人不多，但這龍宮大殿也出現了一位讓她很礙眼的人。

青龍神發現茉阿的目光。

「那是鷹宮的鷹王陛下，我們腳步快些，別引起他們注意。」

鷹宮的鷹王殿下殷宇領著妹妹站得遠遠的，茉阿因為共命鳥的關係，知道這鳥類的眼睛一向很好，既然他的眼睛看著她的方向，他們就一定看到了。

果然，鷹王朝這邊點頭示意。

龍箕暗叫不妙，「糟，不得不去了。」

被纏住誤了時辰就不好，龍箕一面綻開笑容，一面朝著鷹王殷宇和殷紋公主走去，一邊在手裡掐著法訣，暗唸心法向龍敖求救。

「見過鷹王陛下……」

鷹王拱手，「上神，水君、天府星君、茉阿神君。」

眾人見過禮寒暄片刻，青龍也算是主人，知道龍君和太子殿下都還沒有迎客，就強自鎮定地招呼著。

茉阿瞟著那個亭亭站著的美艷鷹宮公主殷紋，心底浮起一種悶悶的感覺。

她這從來都沒有得過的毛病除了春情萌發之外，還帶著另一個小毛病：胸悶，而且時不時就發作。

她也不是笨，知道是吃醋了。

她越是挑不出殷紋的毛病，她就越悶，用凡人的話來說，殷紋是大家閨秀，茉阿就是山上的女大王。

茉阿心想，她昨天要是成事，今天那壓寨相公就到手了，還有什麼好吃醋的？這一事的成敗關聯還真是大啊！

青龍只想著快帶人走，偏偏被拖住了，心裡急得直召喚。

他會緊張不是沒有原因的，易天、易地懷裡可是一隻大鵬金翅鳥，這鳥不但可惡，長得還很快，易天、易地雖然有兩位上神的修為，可以使出障眼法將那雛鳥隱在懷中，但這障眼法能支持多久，實在不知道，而且還有一件麻煩的事，就是那雛鳥長大的速度很快，而易天、易地施的障眼法是按照原先大小施的，萬一拖得久了，那鳥又長大一倍，又要重施一次法。

這大殿裡再厲害的上神會沒有？萬一被其中一位看出來，那就糟了。

他不怕龍敖怨他辦事不力，而是怕他護著金翅鳥這事被發現，以後變成同族大敵，這還得了。

要是真犯了事，他總不能把實話說出，要護著殿下和主子龍敖，黑鍋就揹定了。

龍箕表面鎮定，但內衫都已全濕了。

鷹王陛下全然不知，還在與共命鳥寒暄，「上神，何時再來鷹宮作客？」

易天微笑應付，「不是才離開，怎麼好再叨擾。」

鷹王陛下怎會看不出青龍和易天等人急著要走？他越是心中有疑，就越想要多拖一點時間。

龍王IV

他那鷹族利眼不動聲色地在眾人面前巡梭，雖然不致有惡意，卻讓天府等人看了心裡發寒。

殷宇對這個茉阿神君的背景一直有疑，但又說不出是哪兒有問題。

茉阿能得易天青睞，又得鳳裡犧尊上收納為徒，但他們卻從來沒有聽過這位神君，他怎麼也想不通。

這位神君像是突然蹦出來的，身世令人起疑，而今又在龍宮悄悄出現，他看周圍的情勢，這位茉阿神君跟龍宮的交情也不比一般。

那就令殷宇更覺得奇怪了，龍宮與他一向交好，尤其是龍敖，他們還有意結為親家，將鷹宮的公主嫁到龍宮，但以他們深厚的關係，為何也沒有聽過茉阿神君之事？

青龍幾次要走，都被鷹王陛下幾句又拉回，來來回回幾次，他急得快瘋了。

終於，龍敖匆匆趕來為他們解圍。

殷宇挑高眉毛，「這個時候你出來了？」

龍敖衣著整齊，但還沒有穿戴完整，大典要穿龍王的大禮服祭祀，會這麼就跑出來，讓殷宇覺得更有異了。

「還不是聽見你們來了，就衝出來見你。」

鷹族公主盈盈下拜，「敖哥……」

茉阿看了臉色發白。

易天皺起眉，注意到茉阿的異樣。

青龍朝著龍敖使眼色，然後回頭看了一眼，適巧見到茉阿臉色不好。

「神君，你怎麼了？」

龍敖指示，「茉阿神君昨夜與我豪飲傷身，你送他下去休息吧！」

「是。」

易天要跟著去，但被殷宇叫住。

龍王IV

「上神，不如你留下來與我們共敘如何？」

易天僵住，知道殷宇是起疑了，他如果這時硬要跟著茉阿去，以鷹王陛下的個性，定是要去查個水落石出不可，他要慎行。

龍敖哈哈一笑，「殷宇，你這不是強人所難嗎？茉阿神君是上神帶來的，有個萬一叫他要怎麼跟鳳裡犧尊上交代？」

「是是，謝殿下體諒。」

易天趕緊謝過，轉身要走。

「等等……」殷宇又要拉住。

龍敖一把拍在他肩上，「殷宇，你跟我來，我有事想要請教你，當年你大典時是如何……」

殷宇被龍敖半推半拉地引走，而殷紋邁著小巧的步伐跟在他們身後，好不容易走遠，青龍才哆嗦了一下。

「快走快走……」

明明像是逃命，卻又不能像逃命一樣地跑。

好不容易到了殿外，一些神仙們仍是絡繹不絕地趕來，見他們急匆匆地要走，情形不同，很引人注目。

「時間來不及了，人又這麼多，沒法子重新施訣掩住金翅鳥。」

青龍低聲交代，「待會兒一出了龍宮，掐了訣就往水裡衝去，衝出北海。」

話雖說得鎮定，心裡可是一直暗罵鷹王陛下。

茉阿自剛才就呆呆傻傻的，見到殷紋對她有點衝擊，她才不把殷紋看在眼裡，但好歹現在殷紋是女身，而她是男身，敵之優勢不喻而明。

茉阿心裡早把殷紋看成情敵，現在又覺得吃了大虧，留他們獨處，自己卻要離開了，心裡更是難過。

他們雖然加速，卻仍抵不過金翅雛鳥長大的速度，最後……

龍王IV

「啊！那是什麼——!?」

「是金翅鳥——!!」

「殺了他……」

終於來了。

易天低聲對龍箕說，「你快退開，不關你事，快退！」

龍箕承了他的好意，就算還沒有完全離開，但這短短的距離想必對已是上神的易天不是難事。

他迅速地退開，臉上裝作不敢置信的模樣，「上神……」

易天迅速化為原身，一爪抓起天府星君，一爪抓起茉阿，嘴裡叼著那金翅雛鳥，不由分說地衝入北海，遠離龍宮。

第十三章

「叫我娘……」

他抵死不從。

「你娘我……」

他拚命搖頭。

雖然她口口聲聲自稱是他娘，但這傢伙就是從來不認她做娘。

這大鵬金翅鳥是一種了不得的神鳥沒錯。

但怎麼說就只有一個頭，偏偏去認了那個兩個頭的怪物當娘，而且還是公的，公的公的公的……

有關「公」這件事，也是很離奇。

那小鳥兒堅持不喊茉阿娘親，也跟這個有關。

「你是公的。」他說。

龍王IV

「我的心是母的。」茉阿不服氣地指著易天和易地，「怎麼那種從裡至外全都是公的，你就不抗議？」

「……」

「……」

「……」

「你們三個是什麼表情。」

雖說易天、易地不常同時醒著，因為真身時有兩個頭實在太令人驚駭，但此時卻用真身見她。

兩人清醒地盯著茉阿看，像看怪物似的。

這妖怪該是他們三個才對吧？

「天府星君怎麼回南斗那麼久還不回來？」茉阿很無聊。

他們在這家客店已經等了好一陣子了，這十天就算上天庭晃十圈也該回來了，偏偏天府星君就讓他們等。

易天化回人形坐在桌前，他們租下了客店的後院，但用的廂房只有最後一進。

「事情辦不好就要回南斗謝罪和請示，之後再回來。」

是的，他們出了龍宮之後，打算去找當年掉下鏡湖的那兩個泥人，但不太順利，因為沒有登錄在命書上，生死簿上也沒有，但判官還是讓那兩人輪迴，因此找了許久都找不到，就像大海撈針一樣，在茫茫人海撈兩個人，談何容易。

當年，他們出了龍宮可是鬧了個轟轟烈烈。

這人緣太好、左右逢緣的雙頭鳳凰在這千萬年來做的最轟轟烈烈的一件事，就是帶了金翅鳥蛋進龍宮，之後又在眾人面前帶了一隻金翅鳥出來。

傳言他故意在龍敖登基大典那日去鬧場，真是心腸惡毒得很，也不知道是怎麼飛升上神的。

龍王IV

大家更好奇的是，為何要選那天給龍王難看？聽說有很多不為人道的內情。

傳說易天上神因為愛上金翅鳥，之後珠胎暗結，生了一顆金翅鳥蛋，但他的金翅鳥情人卻被龍族用毒辣的方式給害死了，上神受不了刺激，於是就帶著鳥蛋到龍宮大鬧。

易天、易地聽了之後真是痛苦萬分，他們這名聲就被茉阿給毀了，不但毀了，還毀得徹徹底底、乾乾淨淨。

只是這些八卦神仙怎麼會傳說易天生了一顆金翅鳥蛋呢？

他又不是母的，怎麼會生蛋？

就算會生蛋，好歹也生出一個鳳凰蛋吧？生金翅鳥蛋做什麼呢？偷生也生不出的。

只能說，現在上界的神仙素質也是不太好。

不管怎麼說，共命鳥是有後了，這雛鳥認定了他們當母親，跟前跟後，金翅鳥長得快，沒多久就可以幻化成人形，粉妝玉琢的模樣惹人憐愛。

「小雞……」

自從他見過小雞長什麼樣子之後，對這個名字就很憤怒，茉阿一叫就得到一對白眼。

「小祁……」茉阿討好地叫。

「做什麼？」

順著諧音，易天替小雞取了一個名字，叫做祁願，原本是祈求他能事事如願，也是他做這個便宜現成父母的一片真心。

「小祁，娘今天帶你出去逛逛。」

茉阿會這樣說不是沒理由的，這大鵬金翅鳥就是一種食量特別大的鳥類，傳說長成之後，一天要吃五百條龍都不是問題，食量說有多大就有多大。

果然，小祁一聽有得吃就眼睛一亮。

龍王IV

「茉阿，如果不好吃我就咬你喔。」

「叫我娘。」

「不要。」

「孩子，你為何不認我這個娘啊……」

「住口，也不照鏡子看看自己那張臉，配當我娘嗎？看起來年紀都跟我差不多了，還有這德性，哪一點像娘啊？」

「祁願說得好。」易天讚賞。

祁願長得很快，沒有多久，就是一個少年的樣子了，玉樹臨風，英姿颯爽的模樣迷倒不少的少女，茉阿站在旁邊就像跟他是一對感情很好的兄弟一般。

「明明是我撿回來的蛋，我每天揣在懷裡的，怎麼長大了變成這樣不孝……」茉阿嗚嗚傷感地說。

她故作淒涼地走出去，垂頭喪氣，心裡卻喜孜孜地，因為她知道祁願就跟在她後面不遠。

祁願這孩子嘴巴硬，說起話毫不留情，但卻對茉阿很心軟，不捨得她皺一皺眉頭，看茉阿垂著頭出去，哪裡會放心讓她一個人走。

走了一陣子，茉阿在路旁蹲下。

一個英俊的少年走到她身邊，「怎麼了？」

茉阿抬起頭，「小雞，我累了。」

祁願又丟白眼給她，「才走這麼一段。」

「我老了……」

「老個屁。」

祁願走到她面前蹲下，「我揹你。」

「我想飛……」

「你笨啊，這裡這麼多人怎麼飛？走遠一點再飛。」

茉阿趴在祁願背上，任他揹著走，心裡覺得心滿意足。

【本文完】

番外　河神娶親

天際，雲霧深處，大鵬金翅鳥在空中迴旋，偶發一聲清越的聲音。

大澇之年，止水要祭，連年乾旱，求雨要祭，百姓的生活艱困，茉阿有幾分憐憫，沿路而來，茉阿已經看過多場天災，難得心中不忍，伸手要管，卻被南斗那個雞婆星君給阻了。

「不可以干涉凡人命數。」

聽他這麼說，她還真有些怕了。

不是因為怕了南斗天府星君，而是因為師尊讓她補過的那個泥人。

剛開始，「他」是無智的乞兒。

茉阿找到了他，費盡千辛萬苦替他修補殘缺的神識，但一世看不出成果，她必須一再補救，凡人的壽命短，一世接著一世，所以自從找到了他，茉阿一直很忙碌，天府替他寫上命書，地府的生死簿也有了他，茉阿就可以生生世世找到這個她做出的第一個失敗作品，重新修改。

過程很艱辛，但她心中只有愧疚，沒有怨言。

眼看今世就要功德圓滿，再來，茉阿除了想見「她」之外，不用再定時到下界尋她。

沒錯，今世「她」是個女人。

來到鄴城，荒蕪的田地乾裂，今年是大旱，沒水自然種不了莊稼，田裡也沒人，一路行過農田，人煙稀少。

「都沒有水？」

「這裡臨著漳河邊，剛才你在天上也看過了，臨著漳河的這邊是沒水。」

說話的是一個俊美青年，有著斜長的劍眉入鬢，一雙凝神專注得發亮的美目，是讓少女們一見就傾心愛慕，夜不能寐的類型。

「小雞，這不是天災，是人禍。我剛在天上看，漳河雖然乾涸，但總還有水，應該要想法子引水，現在任由田荒了，就是人治出了問題。」

「這裡不荒，那我要怎麼放你下來？難不成在街市嗎？」

「小雞，我們對你的教育是出了什麼問題，怎麼你離題的能力這麼驚人？」

「茉阿，你再叫我小雞，別想要我帶你飛回去。」

「你這個不孝子。」

他們走入街市，這裡的氣氛猶如死水一般。

茉阿和祁願走在路上被人忽視倒是沒發生過的事，這兩個絕美人物一出現，總是吸引所有人目光的投注，顯少有被冷淡的情形。

怪了怪了……

茉阿指著前面，「那邊看起來很熱鬧，我們走去。」

人群聚集之處必有趣事，這是茉阿的想法。

果然，看到幾個身穿道袍的巫覡正在沿途敲門，旁邊圍著一群人。

龍王IV

「看起來是朱門大戶，這巫師來敲詐，會被趕出去吧？」茉阿低聲對祁願說。

茉阿如今功力已經不可同日而語，這是不是騙子還逃得過她的慧眼？

只見府中管事來應門，一開門，臉色隨即慘白。

「大師仙駕光臨，不知是為了……」

「又到了河伯娶親的時候，秦老爺的小姐今年也……」

巫師還沒說完，管事即奉上一個錢袋。

「老爺出遠門了，臨走時交代今年河伯娶親，他雖不在城內卻仍要盡自己的一番心力，這薄禮請大師笑納。」

「秦老爺有心了。」

茉阿看著那幫人又移去另一戶，同樣的事又重演一次。

「小雞，這河伯是誰啊？每年都要娶妻？田裡都種不出東西來了，還娶這麼多人回來吃飯做什麼？」

「我怎麼知道？」

「不知道就去查啊！真是，我怎麼教你的。」

＊＊＊

有幫手可以使喚，叫茉阿動手是不可能的，尤其祁願又是那麼得力的助手，他們要查的事不難。

這裡因為田旱，為了祈雨，祭祀居然送小姑娘給河伯當媳婦，有錢人為了不讓自家女兒去送死，自然就奉送大筆銀錢。

茉阿想不通的是，送都送了，免就免了，為何明年還要重來一次。

搞到這樣民不聊生，但為了孩子，再多的錢也得往外送。

「這就是人禍，小祁，你懂了沒？人禍比什麼都可怕。」

「我早就懂了，我每日受你茶毒也是人禍。」

「那是緣分，上天注定讓我撿到你，讓你當我的兒子，娘是愛護你，你要孝順。」

「我們大鵬金翅鳥一族是天上飛的，我不是你的兒子。」

「好吧好吧，你嘴硬，但我知道你心底是願意的，那就好了。」茉阿拍拍祁願的肩，像哄寵物一樣。

「你未免想太美了。」

「來，小雞，帶我去河邊走走。」

＊＊＊

茉阿到河邊召來土地。

「小神見過茉阿神君。」

「這裡確實每年用活人祭？」

這裡的土地神還年輕，品階又低，聽茉阿問話，雖然還沒有指責他，但已經面露羞慚，臉紅起來。

「這水是誰管的？」

「稟神君，是東海水君。」

這東海水君，茉阿是熟識的，只是堂堂青龍怎麼淪落到這裡當河神，未免也太慘了一點。

她走到河邊喚他，「龍箕龍箕，我來看你了，你快出來。」

眼前水波滾動，蒸騰如雲霧，之後一人漸由水中而起，果不其然，就是青龍。

龍王IV

「龍箕，幾年不見，怎麼淪落至此？」

龍箕苦笑。

茉阿神君裝傻的本事就是無人能出其右，也不想想她當年大鬧龍宮，帶走那金翅鳥，他在一旁當然多少受點牽連，現在還好意思問他？

龍箕一眼看向祁願，心想，沒想到闖禍的大鵬金翅鳥也長那麼大了。

大鵬金翅鳥本就是一種高傲的種類，又跟龍族天生不對盤，祁願被人打量，哼地一聲，臉轉向一旁。

「你這河神每年都要娶一個，宮裡不都要擠爆了？」

「胡說，你別又想害我。」

「你可真是會享受，每年都要娶一個年輕幼女。」

「冤枉，血口噴人啊！」

「你每年都要娶一個，宮裡就算不擠爆，那些女人也吵鬧不休吧？」

「拜託，那不是進我宮裡的好嗎？河伯是水鬼，河伯娶親是祭水鬼，不是祭河神的。」

水鬼？茉阿不懂了。

「小雞，你知道什麼叫水鬼？」

祁願搖頭。

青龍解釋之餘，還趁機譏刺了茉阿一下，「就是在河裡溺死的人，你以前當過，還不知道？」

「笑話，我在河裡溺水，有溺死嗎？」她反問回去。

「總之，他們一丟下來，鬼差就拘走了，哪有什麼娶親之事。」

茉阿抬頭挑眼，「死了？」

「正是。」

「你怎麼能見這種事在你眼前一再發生？」

「凡人自有命數，我不能插手的，去年大旱，今年洪水會來，這都是天命，事事有定數，我們不能插手。」

茉阿火大了，「這個不能插手，那個也不能插手，把天府找來！還有，這裡的地方官是誰？我倒要看看是什麼樣的人可以昏庸到這種地步，看到百姓被斂財坑害還不管。」

＊＊＊

這兩人查出了父母官在哪兒，就想要去看看什麼人會這麼昏庸，讓這地方一天到晚發生這種事。

西門豹管理漳河邊上的鄴城其實也還不久，他勉強算一個好官，但到了這地方，看到田沒人種，還想不出法子。祁願打聽到他每日會在客店外頭的飯館喝個兩杯解悶，所以兩人回來客店尋他。

看到西門豹，祁願朝茉阿努努嘴，示意他們坐在鄰桌，好趁機攀談。點了酒飯，茉阿和祁願就開始出言刺探。

「本來想說來漳河邊落腳，聽人家說鄴城是個好地方，可以落地生根……」

西門豹聽見人家讚鄴城，心裡當然高興得很，所以豎起耳朵聽。

「所以傳言不盡實，沒想到這裡民不聊生。」

「更可怕的是活人祭，把女孩丟進河裡……」

還沒聽完，西門豹即怒起，「胡說！」

茉阿拱手，裝作慌張的樣子，「這位大哥怎麼了？我們是外地來的，不知道哪兒冒犯您了。」

西門豹覺得他們說話是很誇張，但外地人想來這兒落地生根，會說出這種話也不致於空穴來風？要是真是事實又如何？

龍王IV

「小兄弟，你們可以把事情告訴我嗎？」

「我們剛進城就看到有巫師沿路敲門，百姓們為了不要將女兒送去祭河伯，就付出大筆金銀，我們母……兄弟兩人是沒有妻女，但是這大旱完畢要是有了大澇洪水，那銀錢都繳了出去，日子不是更難過了嗎？因為感嘆才這麼說的，請這位大哥見諒，別怪罪我們兄弟口沒遮攔。」

「活人祭？真有這種事？」

西門豹大怒之下，顧不得自己還是微服，即召人來，「來人，找來問話。」

茉阿當然又裝得誠惶誠恐，不知冒犯大老爺的樣子。

「小兄弟不必驚慌，若真有其事，是你說得有理，大功一件，是我昏庸。」

這西門豹倒是甚得她心，茉阿在心裡讚許。

差役找來鄉紳來問，也真是巧，就是那個「出遠門」的秦老爺。

民不與官鬥，但怎麼也鬥不了神啊！雖然西門豹叫他們不要拜河伯，他們也不敢不拜。

但人都是自私的，只要出去送死的不是自家女兒，再多的錢他也是願意出的。

「秦老爺，河伯娶親是怎麼回事？」

「小的給大人回話，河伯每年都娶媳婦的，河伯是我們漳河的神靈，若是每年不給他送一個年輕漂亮的姑娘，河神會降災。」

「滿口胡言，今年起就廢了這陋習！」

「不行啊，要是不給他送去，河伯會降災啊！」

茉阿低聲說，「那今年大旱，去年你們沒送嗎？」

西門豹耳朵不錯，聽得連連點頭讚許，「小兄弟說得沒錯。」

「那那那是因為河伯嫌我們送出去的姑娘不漂亮。」

茉阿哼了一聲，「真是笑話。」

龍王IV

「都把這些給我廢了！」

「大人，萬萬不可啊！要是沒有送姑娘去，河伯就要發大水把田地全淹了。」

這一來一往的回答，倒是讓西門豹聽出了端倪。

「秦老爺，你剛這話都是哪兒聽來的呢？」

「城裡的巫師都這麼說。」

「都這麼說？」西門豹又確認一次。

「我們地方每年給河伯辦婚事，地方上的官紳都出錢的，大人您剛到，他們還沒來向你稟明。」

茉阿怔了怔，敢情他們還會來跟西門豹要錢啊？是自己太心急先找了來，不過也證實西門豹是無辜的。

地方的官紳也出錢？西門豹聽了大略心知肚明了，這是與官府勾結，用這個名目逼著百姓出錢，然後鬧上一鬧，錢就由官府和那些巫師道士們分掉了。

「新娘都是如何選定的？今年的新娘選定了嗎？」

秦老爺嘆口氣，「哪家有年輕的姑娘就去哪家找。」

西門豹看了茉阿一眼，心裡覺得有些抱歉，人家剛說的是實話，他反而怒目相向，實在有虧於心。

茉阿怎麼會不知道他的心意，於是上前稟告，「大人，巫師帶著人找上門，明擺著就是訛錢，有錢人家花錢就閃過了，沒錢的人只好白白讓女兒送死。」

「不不，河伯是娶親，姑娘怎麼是送死？而且確實沒有再發洪水了。」

「確實？」

「是，這幾年夏天水少。」

茉阿覺得真是好笑，沒發洪水，那年年大旱也是災啊！

西門豹心想，這樣可不行，就算真的河伯有靈，但家裡有女兒的人天天提心

龍王 IV

吊膽，不如就遷離鄴城，這也難怪人煙漸少。

城就是要有人，如果都遷走了，還怎麼興旺？

西門豹陷入了困境。

這官紳貪污共謀行之有年，又用了這種死無對證的手法，他一個新官上任想要扭轉是難上加難。

茉阿轉念一想，決定助他一臂之力。

「大人，既然沒有發大水，那也真是靈驗。」

西門豹不是傻子，經過這段時間，他也理清了思緒，知道這小兄弟不簡單，此時突然有了這種說法，當然是有言外之意。

「小兄弟說得有理。」他緩緩臉色，轉向秦老爺，「不知這次河伯娶親選定的姑娘是哪一家的？」

「是個佃戶的女兒，徐姝。」

茉阿臉色大變。

徐姝，就是她這回下凡要找的那個泥人，他們竟然要把她推到河裡淹死？

這怎麼可以，她溺水一次就被嘲笑多年，要是連她捏的泥人也要被溺死，不是又要被那些人恥笑。

絕對不行！

這些人也真狠，可以眼睜睜的看著女兒被拉走，良心都被狗吃了嗎？

不，這樣是侮辱了狗，這種人的心連狗都不吃的。

茉阿轉頭對身邊的祁願說，「河伯既然這麼靈，他娶媳婦的時候，我們也去送送吧？」

西門豹得了暗示，從善如流，「請秦老爺務必讓本官參加，略盡棉薄之力，與村人一同去送嫁。」

「如此甚好甚好。」

龍王IV

西門豹召來差役，「送秦老爺回去。」

待秦老爺離開，西門豹竟移座與茉阿同桌，低聲探問。

「小兄弟，你為何提出要去看他們送嫁呢？」

以他的身分對目前的茉阿，算是不恥下問了，茉阿對此也是很滿意，認為提點他一下也無妨。

「大人要是強逼著他們改陋習，也不一定見效，說不準晚上趁人沒見到，還是偷偷把姑娘推去河裡祭了河伯，我看……不如將計就計。」

「如何？」

「請大人附耳過來……」

茉阿低聲在西門豹耳畔說明自己的計畫。

＊＊＊

茉阿找來了天府星君，其實本來修補徐姝神識這事，天府也是要在場，這次他晚了許多。

「你要是再晚來，也許就看不到徐姝了。」

「別胡說。」

「徐姝要被村人祭了河伯，你都不知道嗎？」

「怎麼會……」他翻了翻南極仙翁交代給他的命書，「沒有啊，沒有這樣寫。」

茉阿轉頭去「教育」祁願，「瞧，我就跟你說是人禍吧！」

祁願點頭，「人禍比天災影響更為深遠。」

「我先不替徐姝修補神識。」

「為何？」天府急著想回去交差。

「她現今仍有些痴傻，若是修好了她，等到河伯娶親那日不是也被嚇傻了？」

「這……」

「你想要前功盡棄？」

「不想。」

「你命書上有寫徐姝修好神識之後變成了傻子？」

「也沒有。」

茉阿攤手，「那你就只好等著了。」

＊＊＊

水淹鄴城，百姓自然流離失所，愚蠢做活人祭情有可原，但因此利用人心恐懼做出此事的惡豪和巫師更為可惡，以神靈的名義草菅人命，可以隨意指定他人之女活祭，算是作孽。

行使巫術應助民度厄才對，每年趁著這時斂財，有錢的人就可以留命，窮人就要任人魚肉，茉阿對這些人極為不齒，算是藉著西門豹的手來教訓他們。

河伯娶妻當日。

秦老爺率著幾位鄉紳來迎西門豹，茉阿和天府星君及祁願當然也跟著去了。

現在是乾涸期，要找到水夠深的地上，還要走很長的一段路到邊界。

茉阿遠遠就看到有個穿著新娘嫁衣的女孩，好端端地坐在葦草織成的小舟裡。

「為什麼用葦草做船呢？」

天府看她一眼，無奈地解釋，「那船渡不了河，但堪可載重，大概到了河中央就會進水沉下去了。」

茉阿聞言，對東海水君很生氣，這個龍箕居然可以每年任這些慘事發生，還在裡頭好好待著，連隻手也不伸，真是鐵石心腸。

那徐姝一個人靜靜地坐在船裡，默默地流著眼淚，哪裡像是辦喜事。

周圍擺上祭壇，煙霧沖天，全都靜沉沉的，不時有人出聲啼哭，雖然一片紅通通，但就是在辦喪事吧？

難怪有女兒的人都要逃走，這地方不窮才怪。

西門豹召來差役，讓他們請巫師來。

巫師的排場茉阿已經看過了，但河伯娶親這天，排場比那天還大，而且官紳們全都簇擁著他。

茉阿估量，他的年紀已經很大了，七、八十有吧？臉上表情還挺有模有樣的，但是後面站的那一堆實在不知該怎麼形容好，帶著幾十個穿著綢衣的女徒弟，一個男道士帶著那麼多女道士，怎麼看怎麼怪。

「見過大師。」

巫師排場再大，也只是個平民，當然見西門豹也是要謙恭下拜，「大人……」

「大師不必多禮，可否請大師將河伯娶親的姑娘讓本官看看。」

「是，大人。」

巫師使個眼色，後頭的徒弟就去帶人了。

不一會兒，徐姝被她們牽著過來。

「抬起頭來，本官看看。」

徐姝本就魯鈍，再加上佃戶之女哪裡見過官，原本只是靜靜落淚，現在哭出聲來，面容扭成一團，有些失態。

「這……這……」

西門豹裝作嚇到的模樣。

龍王IV

「大人……」巫師上前安撫。

「河伯佑我鄴城，河伯娶親，雖然不用天香國色，但美貌也是必須的，這名女子長得如此醜陋，怎麼能做河伯夫人？」

西門豹這話把官紳說得都呆住了。

巫師也怔在原地。

「大師，這樣不行，這姑娘不漂亮，河伯若不滿意，今年鄴城有災，本官可擔當不起，麻煩你去跟河伯說一聲，說我要再選個漂亮的，過幾天重新給他送去。」

「這這這……」

官紳們推舉出一人，「大人，這……叫大師怎麼去說呢？」

西門豹想了想，「也是，船是新娘的，大師不能用，那麼……讓我的差役送他一程好了。」他轉頭，「來人。」

一個差役迅速上前，「在。」

「送大師一程。」

茉阿快樂地看著西門豹叫差役將巫師一把抱起，就往河中投去。

巫師被投入水中，因為衣飾繁重，連救命都來不及喊，就沉了下去。

「拿張椅子過來，本官要在這兒等大師回來替河伯傳話。」

之後西門豹就照茉阿指示，好整以暇地坐在河邊等巫師，每隔一段時間就起身走來走去，似乎很心焦的樣子。

「唉，怎麼拖了那麼久？」西門豹回頭再喊差役，「來人，再請一位大師下去問問。」

差役們早就將那群巫師和官紳全都圍在一處，只要西門豹一說，就去抓出一人，在眾人面前丟進河裡。

「再找個人去催催吧？我們官員也得要有代表去才行，免得河伯覺得我們不敬重他。」

西門豹差人將其中合污的官員之首丟進河裡。

官員們看了面色如土，聰明的早就看出西門豹在做什麼。

「大人饒命……」

這時還有什麼好說的？一群大小官員面如土色跪下求饒，直往地上磕頭。

「大人饒命，小的以後不敢了。」

旁邊有些執迷不悟的百姓，例如秦老爺之流，現在也看出了異狀。

西門豹看了地上的大小官員和巫師一夥人，只說：「好吧，我再等一會兒再找人去催催。」

「大人饒命……」

西門豹也知有關官家體面，若是講明，臉上也掛不住。

直到太陽西斜，他終於站起來，面對大家說，「諸位請起，看來河伯極中意他們，居然把他們都留下了，你們就安心回去，今年不必再送嫁了。」

百姓雖然還是有些搞不清，但是又隱隱有些明白，默默地全都散了。

西門豹訓誡仕紳，「你們身為仕紳官員，明知河水一去不復返，草菅人命，依律該償命。」

「大人饒命，下官是昏庸被巫師所騙……」

「那好，若有人再說河伯要娶親，我就要他下去跟河伯商量。」

茉阿看西門豹處理得很好，轉身對天府星君和祁願使了眼色，帶了仍然滿面淚痕的徐姝離開，做她應當的事。

之後，茉阿修補好徐姝神識之後，再回到官衙見西門豹。

「大人……」

茉阿自虛無中現身，是故意為之。

她本可以像司命一樣就此離開，回去向師尊覆命，但有件事她想了想，還是要辨，不過這事要西門豹聽她的，所以不得不現出自己身分。

之前聽了東海水君說將有洪水，為了不讓西門豹善行被人污了，她得要出現提醒他一番。

西門豹見到茉阿，在驚駭之後，五體投地下拜。

「大仙在上，請受西門豹一拜。」

「你做得很好，但大旱之後，將有洪水，生靈塗炭，你得要疏通才行。」

「謝謝大仙指示。」

當西門豹抬起頭時，茉阿早就失去了身影。

第二天，西門豹發動老百姓開鑿渠道，一方面可以引水灌溉，一方面讓彰河得到疏通，免受洪災之苦，百姓能得到好收成。

【完】

國家圖書館出版品預行編目資料

龍王IV 金翅大鵬／尹晨伊著. 一初版.—臺北市：
商周出版：家庭傳媒城邦分公司發行，民101.12
面： 公分.
ISBN 978-986-272-262-6 （第4冊：平裝）
857.7 101016882

尹晨伊作品06

龍王IV金翅大鵬

作　　者／尹晨伊
企畫選書人／劉枚瑛
責 任 編 輯／劉枚瑛

版　　權／葉立芳、翁靜如
行 銷 業 務／林彥伶、張倚禎
總 編 輯／何宜珍
總 經 理／彭之琬
發 行 人／何飛鵬
法 律 顧 問／台英國際商務法律事務所　羅明通律師
出　　版／商周出版
臺北市中山區民生東路二段141號9樓
電話：(02) 2500-7008　傳眞：(02) 2500-7759
E-mail：bwp.service@cite.com.tw
發　　行／英屬蓋曼群島商家庭傳媒股份有限公司城邦分公司
臺北市中山區民生東路二段141號2樓
讀者服務專線：0800-020-299　24小時傳眞服務：(02)2517-0999
讀者服務信箱E-mail：cs@cite.com.tw
劃 撥 帳 號／19833503　戶名：英屬蓋曼群島商家庭傳媒股份有限公司城邦分公司
訂 購 服 務／書虫股份有限公司客服專線：(02)2500-7718；2500-7719
服務時間：週一至週五上午09:30-12:00；下午13:30-17:00
24小時傳眞專線：(02)2500-1990；2500-1991
劃撥帳號：19863813　戶名：書虫股份有限公司
E-mail：service@readingclub.com.tw
香港發行所／城邦(香港)出版集團有限公司
香港 灣仔 駱克道193號超商業中心1樓
電話：(852) 2508-6231　傳眞：(852) 2578-9337
馬新發行所／城邦(馬新)出版集團
Cite(M)Sdn. Bhd.41, Jalan Radin Anum, Bandar Baru Sri Petaling, 57000 Kuala Lumpur, Malaysia.
電話：(603)9057-8822　傳眞：(603)9057-6622
商周出版部落格／http://bwp25007008.pixnet.net/blog
行政院新聞局北市業字第913號

設　　計／R&A Design Studio
印　　刷／卡樂彩色製版有限公司
總 經 銷／高見文化行銷股份有限公司　客服專線：0800-055-365
電話：(02)2668-9005　傳眞：(02)2668-9790

■2012年（民101）12月初版　Printed in Taiwan

定價／250元

ISBN 978-986-272-262-6

城邦讀書花園
www.cite.com.tw